Albert Wendt

Tok-Tok im Eulengrund

Albert Wendt
wurde 1948 geboren. Er lebt seit seiner Kindheit in einem Dorf bei Leipzig. Nach dem Abitur arbeitete er als Heizer, Schlosser, Ringer, Traktorist, Armist, Kulturwissenschaftler, Bühnenarbeiter und Dichter. Er schreibt Aphorismen, Gedichte, Hörspiele, Kindergeschichten und Theaterstücke.

Bei Jungbrunnen sind folgende Titel von Albert Wendt lieferbar: Adrian und Lavendel (2004), Betti Kettenhemd (2008), Marta-Maria (2010), Der kleine Waldräuber (2012), Der kleine Fallschirmspringer (2013), Das tanzende Häuschen (2015) und Henrikes Dachgarten (2019).

ISBN 978-3-7026-5949-3
1. Auflage 2020

Einbandgestaltung: b3k

Druck und Bindung: Buch Theiss GmbH, A-9431 St. Stefan

Wir legen Wert auf nachhaltige Produktion unserer Bücher und arbeiten lokal und umweltverträglich: Unsere Produkte werden in Österreich nach höchsten Umweltstandards gedruckt und gebunden. Wir verwenden ausschließlich schadstofffreie Druckfarben und zertifizierte Papiere.

Albert Wendt

Tok-Tok im Eulengrund

Das Geheimnis der Vogelfrau

Jungbrunnen

1. Kapitel
Rose-Rad-ab macht sich fein

Der Eulengrund war eine Wildnis am Rande einer großen Stadt. Dort wucherte ein Dickicht über den Ruinen einer Eisenfabrik. Und mittendrin lag der Mädchenstein. Dieser Stein war eine Betonplatte, versteckt in einer Kuhle aus grobem Kies. Der Mädchenstein hieß Mädchenstein, weil kein Junge den Stein, das Kiesbecken und das Gestrüpp daneben betreten durfte.

An einem warmen Frühlingstag lagen zwei Mädchen, etwa 14 Jahre alt, winterblass und bezaubernd schön, auf dem Mädchenstein und sonnten sich. Die eine, etwas dünn, hieß Miranda, die andere, etwas rundlich, hieß Anna-Muriel und wurde Anna-Mu genannt. Neben ihnen spielte Bäumchen, Anna-Mus fünfjährige Schwester, mit Kieselsteinen.

„Keine Angst, Anna-Mu", sagte Miranda, „die Jungen haben versprochen, uns nicht zu belauern. Das ist abgemacht, mit Schwur und Handschlag."

„Elle Endstelle ist richtig mies, ganz der Vater, und Carlito ist auch nur ein Junge. Mimi-Randa, glaube mir, Jungs lassen sich so etwas nicht entgehen. Jungs müssen einfach herumschleichen und Mädchen, die sich nackt sonnen, ganz frech anglotzen."

„Carlito ist so eine Art Königssohn", sagte Miranda unverstellt schwärmend. „Er kann gar nicht unedel handeln. Er schleicht sich nicht an und äugt."

„Da! Da!“, rief plötzlich das Bäumchen. „Der Schuft, er guckt!“
Die Mädchen kreischten, richteten sich auf, zogen die Beine an die Körper und umschlangen die Knie mit den Armen.
„Wer? Wo?“
„Der Kerl da am Himmel.“
„Ein Vogel, ein Milan“, sagte Miranda erleichtert.
„Blöde, kleine Kröte“, schimpfte Anna-Mu, „uns so zu erschrecken.“
„Aber der große Vogelkerl kreist schon so lange über uns, weil er gucken will.“
„Der Milan kreist“, erklärte Miranda, „weil es hier massenhaft Wildkaninchen gibt.“

Die Jungs, von denen auf dem Mädchenstein die Rede war, Carlito, der Königssohn, und sein Freund Elle Endstelle, hielten ihr Versprechen. Sie schlichen nicht durch den Ginster, um die nackten Mädchen zu belauern. Sie kletterten im Innern eines baufälligen Schornsteins an rostigen Eisenklammern hinauf zur Schornsteinöffnung. Das schwarze, rissige Bauwerk hieß *Eulenschlot,* weil abends manchmal Eulen auf ihm saßen. Der Eulenschlot ragte trotzig aus den Kletterpflanzen empor, die ihn schon zur Hälfte erobert hatten. Außen kletterten Geißblatt und wilde Rosen und innen kletterten Carlito und Elle Endstelle.
„Warte, Carlito, ich muss dir etwas ganz Wichtiges sagen.“
„Weiter, Elle, sag's beim Klettern.“
„Ich habe gehört, dass Jungs manchmal ohnmächtig werden, wenn sie zum ersten Mal so etwas Schönes sehen.“

„Richtig bewusstlos, meinst du? Schwarz vor Augen, weggetreten?“
„Ja, Carlito, das kommt oft vor. Eigentlich fast immer. Man sieht das Schöne an den Mädchen, oben und unten, dann flimmert es und schon ist es dunkel im Kopf und man ist weggetreten.“
„Und Abflug in die Tiefe.“
„Und Peng! Und Matsch.“
„Ach, das ist es wert“, sagte Carlito, verharrte aber auf seiner Sprosse.
„Schon. Aber ...“
„Na, dann weiter.“
„Aber geht’s nicht auch anders, ohne Peng und Matsch?“
„Gut. Ich gucke zuerst, ganz allein, und du bleibst dicht unter mir. Wenn ich ohnmächtig werde, dann fängst du mich auf.“
„Ohnmächtige sind ungeheuer schwer, fast so schwer wie Besoffene. Ich müsste mich dann entscheiden, stürzen wir beide ab, oder nur einer von uns. Carlito, mein Freund, ich bin mir nicht sicher, ob ich mich dann vielleicht doch entscheiden werde, nicht mit dir zusammen abzustürzen.“
„Ach, Elle, wenn du diese Art Freund bist, dann ... dann ...“
„Dann ist es wohl besser, wir klettern wieder runter.“
„Jammerlappen.“
„Verzeih mir.“
„Nein.“
„Au, meine Hand. Nicht so schnell. Ich kann nun mal nicht gut klettern. Bin doch kein Affe.“
Carlito und Elle Endstelle krochen durch das Labyrinth der Züge und Feuerluken der schon lange erkalteten Heizanlage ins Freie. Verdreckt und verkühlt hockten die bei-

den in der Frühlingssonne. Verdreckt und verkühlt war auch Carlitos Laune.
„Schöne Pleite."
„Pleite, aber am Leben."
„Feiglingsleben ist halb tot."
„Halb tot ist besser als ganz tot."
„Nein."
„Mach mich nicht fertig, Carlito. Ich habe Verzeihung gesagt."
„Schon gut. Verziehen. Du bist nun mal, wie du bist."
So entschlossen sich Carlito und Elle Endstelle schließlich, einen Aussichtsturm zu bauen mit einer Plattform, auf der zwei ohnmächtige Jungs bequem liegen konnten, ohne abzustürzen. Der Turm sollte oben auf dem „Klinkergebirge" stehen, dem höchsten Trümmerhaufen des Geländes. Sie schleppten Paletten hinauf auf den Ziegelschutt. Diese stabilen Holzplatten lagen verstreut im Gelände. Aber – habt ihr schon mal eine erdfeuchte, angefaulte Palette auf einen Trümmerhaufen geschleppt? Niemand im Normalzustand kann so etwas schaffen. Carlitos und Elles Zustand machte es dennoch möglich.

„Die Kinder müssen vom Gelände verschwinden", sagte nachdenklich eine alte Frau, die in dieser Wildnis vor einem noch recht gut erhaltenen Gemäuer saß und Sperlinge fütterte. Neben ihr standen zwei junge Frauen und reichten Brotstückchen.
„Wir sollten ihnen Angst machen, ehrwürdige Tok-Tok, vielleicht mit etwas Hexen-Spektakel", schlug eine der jungen Frauen vor. Sie war zierlich und hatte eine Rose im Haar.

Die alte Frau, die mit ehrwürdige Tok-Tok angeredet wurde, schüttelte den Kopf.
„Nein, nein, mein Kind, wir sollten uns nicht als Hexen verdächtig machen. Das ist nicht gut. Hexen kann man sich nähern, man kann sie sogar fassen, fesseln und wegschleppen. Feenzauber ist besser. Feen sind nicht recht greifbar, man wagt sich nicht zu nah heran. Feen kann man auch nicht quälen und verbrennen. Es gibt das Wort Hexenjagd, das Wort Feenjagd gibt es nicht."
Die ehrwürdige Tok-Tok überlegte. „Nein, mein Kind, ich fürchte, jeder Hokuspokus, auch Feenwunder, weckt nur Neugierde und lockt eher noch mehr Kinder an. Wir brauchen etwas Plumpes, Einfaches, das Kinder abschreckt."
Die Frauen schwiegen. Die Sperlinge lärmten. Die Bienen summten in den blühenden Sträuchern.
„Wir brauchen, ehrwürdige Tok-Tok, eine lebendige Vogelscheuche für Kinder, wir brauchen eine Kinderscheuche", sagte die zierliche junge Frau.
„Das übernehme ich", rief lebhaft die andere, eine sehr runde junge Frau. „Ich verjage sie mit dem Besen."
„Nein, mein Glühwürmchen", widersprach die alte Dame. „Als Kinderschreck bist du viel zu schön. Wir brauchen etwas ganz Abscheuliches, etwas unsäglich Hässliches, wir brauchen eine Art von Ungeheuer."
„Wir brauchen einen Mann", sagte die Zierliche.
„Rose hat recht. Wir brauchen einen Berg von einem Mann", sagte die alte, ehrwürdige Tok-Tok. „Wir brauchen ein Scheusal von einem Mann, einen zottigen Raufbold brauchen wir."
„Und er muss grimmig brüllen und grunzen. So: Uuuu! Und sich dabei mit den Fäusten auf die Brust trommeln",

stimmte begeistert die runde junge Frau zu. Die Sperlinge flogen auf, die Frauen lachten, dann summten wieder Bienen und Gedanken, und die Spatzen kamen zurück.
„So etwas muss es doch geben“, sagte die Alte. „So ein fürchterliches Dings muss doch irgendwo aufzutreiben sein.“
„Du warst lange nicht in der Stadt, ehrwürdige Tok-Tok“, sagte die mit Rose angesprochene junge Frau. „Die Männer sind jetzt alle schmal, glatt und sehr nett. Männer zum Fürchten, die gibt’s nicht mehr. Ich, jedenfalls, ich kenne keinen.“
Die ehrwürdige Tok-Tok betrachtete liebevoll lächelnd die zierliche junge Frau.
„Rose, du Schöne, du kleine Schlange, du Lügnerin, da war ein Zögern, ein Flackern im Auge. Du hast in deinen weiblichen Tiefen so einen Unhold versteckt, willst ihn aber nicht hergeben. Rück ihn raus.“
„Nun ja, es ist lange her. Auf der Universität hatte ich mal einen schüchternen Verehrer. Er war Kraftsportler, ein Ringkämpfer, zwei Zentner, zwei Meter, stark behaart, nur auf dem Kopf nicht – eher kahl. Äußerlich passt er, innerlich nicht. Er ist ein Kindskopf. Er schreibt jetzt, so hörte ich, Kinderbücher.“
„Aber hässlich, wenigstens, ist er doch?“
„Naja, nicht ganz so hässlich wie Quasimodo, der Glöckner von Notre-Dame, aber doch stark mit Muskeln verbeult, auf den Beulen wuchert dunkles Kraut.“
„Ach“, sagte fröhlich die ehrwürdige Alte, „hole mir das Muskeldings erst einmal her. Ich schau es mir an. Geh, Rosalinde, mein Honigtöpfchen, und locke mir diesen Bären in die Falle.“
Tok! Tok! Der Stock der alten Dame stieß zweimal auf den

Boden. Die Sperlinge flogen nicht auf, sie kannten das schon. Rose verschwand im Haus und machte sich stadtfein.
Habt ihr, Kinder, ...
Verzeiht, liebe Jugendliche und Erwachsene, diese Anrede. Nehmt sie als Hochachtung. Ich finde keine höhere. Also, habt ihr, Kinder, schon einmal eine Frau betrachtet, die in der Wildnis wohnt und sich für die große Stadt fein macht? Himmel, was treibt die doch für einen Aufwand. Nun, das ist verständlich. In der Wildnis sehen nur ein paar Augen auf sie, in der Stadt aber sind es Tausende. Weil das hier eine Geschichte ist, in der viel von klugen und dummen Augen geredet wird, wollen wir unsere Augen staunend aufreißen und Rose bei ihren weiblichen Künsten beobachten.
Rose begann mit ihrem Prachthaar. Sie rieb sich sorgfältig Gänseschmalz hinein und drückte es auf der Kopfhaut fest. Sie frisierte das Ganze auf etwa vier Wochen ungewaschen. Die Blume im Haar aber, wie ein bitterer Spott, blieb. Dann kamen das Gesicht, der Hals und die Hände dran. Dort legte sie etwas Ruß auf. Viel Ruß legte sie unter den Augen auf. Sie krallte ihre Fingernägel in die feuchte Erde eines Blumentopfes und pustete auf die Fingerspitzen. Über die schönen Zähne wischte Rose etwas Heidelbeermarmelade.
Sie trat vor den Spiegel, kontrollierte gründlich ihre Arbeit und schickte zufrieden dem Spiegelbild einen Kuss. Dann übte sie noch einige passende Körperhaltungen, machte einen schiefen Hals und ließ die Schultern hängen. So zog die verwandelte Frau mit einem schäbigen Rollkoffer, dem ein Rad fehlte, los in die Stadt, um einen Bären in die Falle zu locken.

„Ich bin auch ein Honigtöpfchen", maulte das runde Glühwürmchen. „Warum darf ich nicht losziehen und einen großen Rüpel anlocken?"
„Ach, mein liebes Glüh", sagte Tok-Tok und streichelte die sehr große und sehr kindliche Hand der jungen Frau, „du bist kein Honigtöpfchen, du bist ein Tanklaster voll Honig. Du verschreckst die Männer. Die rennen um ihr Leben und verkriechen sich, wenn du sie frontal ansteuerst."
„Aber ich könnte doch so einen Unhold unter den Tisch trinken, und dann, zack, über die Schulter werfen wie einen Kartoffelsack und hierher schleppen. Nie darf ich Spaß haben. Ich bin so unglü..., ich bin so unglü..., ich bin so unglücklich."

Es klapperten die Bestecke, es klirrten die Gläser auf den Tischen vor dem „Gasthaus zur Endstelle", es brummte das Geschäft. Der Wirt strahlte mit der milden Frühlingssonne um die Wette. Die Ankunft der Straßenbahn in der Wendeschleife war zu hören, ihr Halten und das Öffnen der Türen. Kurz darauf näherte sich aus der entgegengesetzten Richtung ein unangenehmer Kratz- und Schleifton. Der Wirt hob besorgt die Augenbrauen. Rosalinde schlurfte mit ihrem Rollkoffer an den Tischen vorbei zur wartenden Bahn. Bestecke, Gläser und Gespräche verstummten. Als die verstörende Erscheinung in der Bahn verschwunden war, belebte sich der Freisitz wieder.
„Was war denn das?", murmelte ein Gast.
„Nur eine arme Irre", beruhigte der Wirt die Gäste. *„Rose-Rad-ab* heißt sie und ist ganz harmlos. Sie wohnt seit ein paar Wochen im Eulengrund. Die Hochherzigen Brüder e.V. stecken dahinter, die haben das Dach von einem halb

verfallenen Klinkerbau repariert. Sie nennen diese Bruchbude nun *Sozialstation für unbetreutes Wohnen*. Unbetreut? Dass ich nicht lache. Pflegekräfte und Wachpersonal wollen die Geizhälse sparen. Bis jetzt hausen nur drei Frauen dort."

„Keine schlechte Sache", mischte sich ein Gast vom Nachbartisch ein. „Ein Sozialmensch kam in die Siedlung, ging von Haus zu Haus und hat alles erklärt. Der Verein, also diese Hochherzigen Brüder oder so ähnlich, haben auf dem Gelände ein Obdach für Menschen in Not eingerichtet. Die sollen dort leben dürfen wie sie wollen und sollen dort Gartenwirtschaft treiben und Tiere halten. Und wir, die Nachbarn, sollen sie in Ruhe lassen. Das sind ganz normale obdachlose Frauen."

Der Wirt grinste breit.

„Ja, das sind ganz normale Schnapsdrosseln, wenn ihr mich fragt. Massenhaft liegen dort Flaschen im Gras und Schlimmeres. Ich sehe nicht hin, geht mich nichts an. Aber hier oben sehe ich hin, hier gibt's keine Bettelei, kein Vollquatschen der Gäste, kein Wühlen in den Papierkörben. Bei allem Verständnis, mein Geschäft soll nicht leiden unter dieser Nachbarschaft."

Er schlenderte zwischen den Tischen ins Innere der Wirtschaft. „He, Kupferspecht, ich lade dich ein."

Der Kupferspecht, durch und durch ein Gauner, stand an der Theke. Er nannte sich Buntmetallhändler, schlich nachts herum und klaute Blei- und Kupferrohre, zerschnitt sogar lebendige Kabel. Der Kupferspecht kannte den Eulengrund wie seine Westentasche. Wie ein Schatzgräber durchwühlte er täglich und nächtlich das Gelände der alten Eisenwerke.

„Die drei Frauen leben vorn im alten Betriebsbahnhof“, flüsterte er dem Wirt zu, der zwei Gläser füllte. „Sie kochen und schlafen dort. Dahinter steht auf vier Säulen das Schaltwerk, ein hoher Kasten mit vielen Fenstern. Eine schmale Eisentreppe zwischen den Säulen führt nach oben. Das scheint ihr Wohnzimmer zu sein. Dort verbringen sie die halbe Nacht. Die Fenster sind dicht mit Lappen verhängt. Dort werden sie wohl saufen, naschen und fernsehen. An den Lappen flackert immer Fernsehlicht.“
„Hast du dich mal innen umgesehen?“
„Nein. Man kommt nicht nah heran.“
„Hält das dicke Nilpferd mit ihrem Besen Wache?“
„Nein, Cora X-Bein hält Wache.“
„Cora X-Bein? Ist das die Alte, die mit dem Zauberstock?“
„Nein, die Alte mit dem Knüppel heißt *Tok-Tok,* sicher weil sie so Tok! Tok! auf die Erde klopft. Nein, nein, Cora X-Bein ist ein Untier, sie ist *Das wirklich Böse unter der Sonne.* Das ist eine Kampfziege, wachsam und gefährlich wie ein Hofhund. Dieses Ziegenvieh ist schlau, versteckt sich oder stellt sich tot und greift dann tückisch von hinten an. Das X-Bein wohnt in den Mauerresten der zerfallenen Werkskantine und schläft dort im alten Backofen. Da kommt man nicht unbemerkt vorbei. Ja, und diese gehörnte Hexe hätte mich gestern Nacht fast erwischt.“
„Eine Ziege, die in einem Backofen wohnt“, sagte der Gastwirt lachend, „das hat was.“
„Ja, das hat was Teuflisches“, sagte der Kupferspecht.
Dann wurde der Wirt ernst und sagte leise: „Das Lumpengesindel muss verschwinden.“ Er schenkte dem Kupferspecht ein. „Dabei bin ich nicht knausrig.“

2. Kapitel
Ein Bär tappt in die Falle

Man darf zwischen fremden Leuten nicht einfach umfallen, sich auf die Straße legen und heulen. Das macht man nicht. Man macht es schon gar nicht, wenn Kinder dabei sind. Sind Kinder dabei, muss man mit einigem Anstand verzweifeln. Ich hielt mich also aufrecht, als mich der Schlag traf, den man Schicksalsschlag nennt. Ich fiel nicht um und heulte auch nicht. Ich taumelte über die Straße. Ich lehnte mich mit der einen Hand an die Haustür und suchte mit der anderen nach dem Schlüssel. Ich hätte wohl lange so gestanden, wenn nicht ein Nachbar die Tür geöffnet hätte. Ich schleppte mich die Treppen hinauf. In meiner Wohnung warf ich mich auf das Bett und träumte mich zehn Jahre zurück.

Ich träumte von einer Mädchenhorde, und mittendrin in diesem quietschenden und lachenden Knäuel war sie, Rosalinde, Rose genannt, das schönste und klügste Mädchen der Universität. Wenn sie da war, war es etwas heller im Hörsaal. Es leuchteten die Augen der Studenten und Lehrer, vom schüchternen Erstsemester bis hin zum alten Professor. In Rosalindes Nähe reckten sich alle ein wenig in die Höhe und waren stolz, weil sie ja irgendwie zu der gleichen Art Lebewesen gehörten wie diese wunderbare junge Frau.

Eines Tages verschwand Rosalinde aus der Universität, aus der Stadt und, wie es schien, aus der Welt. Studenten und Professoren schrumpften um einige Zentimeter.

„Verlassen, wie der Saufnapf eines gestorbenen Wellen-

sittichs", murmelte ein Lichtenberg-Kenner. Doch nach und nach trösteten wir uns. Wir waren sicher, dass Rosalinde wieder auftauchen würde, ganz oben, in der höchsten Liga. Sie würde als Sonderbotschafterin der UNO Kriege verhindern, sie würde als Ärztin Seuchen besiegen oder sie würde auf der Liste der Nobelpreisträger erscheinen. Nein, so ein Glücksfall Mensch kann nicht einfach verschwinden.
Und nun, etwa zehn Jahre später, traf ich Rosalinde, den Glücksfall Mensch, meine unerreichbare Studentenliebe. Ich traf sie an der Haltestelle vor meiner Wohnung. Sie bemerkte mich nicht, sie war beschäftigt. Sie wühlte in einem Papierkorb.

Sie holte angebissene Brötchen heraus. Sie roch daran und pustete Schmutz und Zigarettenstummel von den Brotresten herunter. Sie stopfte ihre Beute in einen speckigen Rollkoffer, den sie hinter sich her zerrte. Dem Rollkoffer fehlte ein Rad und die Achse kreischte über das Pflaster. Dieses Kreischen schrillte in meinen Ohren, als ich auf dem Bett lag.

„Ich muss sie retten", murmelte ich endlich nach ein paar Stunden und rappelte mich auf. „Ich muss sie zu mir nehmen, ins Bad führen, die Haare waschen, neu einkleiden, zum Doktor bringen ... Vielleicht ist ihr ein Unglück zugestoßen oder eine Suchterkrankung oder eine Liebeskatastrophe. So was kann man reparieren. Ich bin doch kein Schwächling, ich schaffe das.

Zuerst aber muss ich sie finden. Ich werde die Stadt durchstreifen, in die finstersten Winkel kriechen, unter jeder Brücke nachsehen, jede speckige Steppdecke anheben und Rosalinde ohne Ekel auf den Arm nehmen und nach Hause tragen."

Entschlossen trat ich aus dem Haus. Neben der Haustür lehnte ein alter Mann an der Wand. Die Kapuze einer Sportjacke, wie sie junge Leute tragen, hatte er tief über Stirn und Augen gezogen, und unter dem Arm trug er ein großes, rundes Brot.
„Sie wartet", murmelte der Alte sanft vorwurfsvoll.
„Wer wartet?", stotterte ich.
„Rosalinde, die du suchst, sie heißt jetzt *Rose-Rad-ab*", antwortete ruhig der Alte. „Ich führe dich zu ihr." Dann schwieg der Alte und lief vor mir her zur Haltestelle.
„Du hast leere Hände", sagte der Alte leise. „Das ist nicht gut. Ich habe niemals leere Hände, ich trage immer ein Brot bei mir, wenn ich zu Bedürftigen gehe."
Die Straßenbahn kam. Wir stiegen ein. Wir fuhren lange. Wir fuhren aus der Stadt heraus. Wir fuhren bis zur Endstelle. Der Alte, immer noch schweigend, führte mich an einem Gasthof vorbei auf ein mächtiges Eisentor zu. Es war ein Fabriktor aus dem vorigen Jahrhundert, vom Alter verbogen und mit rostigen Ketten verschlossen. „Eisenwerke Pross und Co", stand oben, in gut erhaltenen Buchstaben, handgeschmiedet.
Der Alte blieb stehen.
„Stillgelegt! Was für ein gutes, genaues Wort. Stillgelegt!"
Er schwieg, stand da und lauschte.
„Es ist sehr, sehr still. Eine stille Fabrik."
„Ja", sagte ich etwas verlegen.
„Hier war mal viel Krach", sagte der Alte.
„Ja, das haben Eisenwerke so an sich", sagte ich, schon etwas ungeduldig.
„Jetzt ist es still", sagte der Alte und bewegte sich immer noch nicht. „Die Fabrik produziert in aller Stille weiter."

„Aha!“
„Wird wohl Eulen produzieren, denn *Eulengrund* nennen die Leute nun die stille Fabrik.“
„Und Rosalinde?“, versuchte ich, den Alten weiter zu drängen.
„Ja, ja, der alte Eisenkönig, dieser Pross, der war etwas wunderlich. Er trug einen öligen Zahnkranz als Krone.“
Der Alte sah unter seinem Kapuzenrand spöttisch hervor.
„Jeder hat sein Zeichen. Pross hatte seinen Zahnkranz, ich habe mein Brot und du, Poet, lässt ein Buch aus deiner Jackentasche ragen.“
Der Alte kannte also meinen Beruf. Und mit dem Berufszeichen hatte er recht, ich trug stets ein dickes Notizbuch bei mir.
„Und Rosalinde?“, drängte ich wieder.
„Rosalinde? Ja, Rosalinde hat ein Rad ab. Darum heißt sie *Rose-Rad-ab.*“
Der Alte mit der Mönchskapuze zeigte auf die rostigen Gitterstäbe des Tores. Darauf waren Reste verblichener Warnschilder.
Verboten, Einsturzgefahr, Privatgelände ...
Ein nagelneues Schild überdeckte die alten Schilder:
Sozialprojekt – Hochherzige Brüder e.V.
„Dort wohnt sie“, sagte er. „Hier entlang!“
Neben dem Tor führte ein Trampelpfad über einen niedergetretenen Maschendraht in die Wildnis. Neben dem Pfad lagen leere Schnapsflaschen, glitzernde Verpackungen von Naschzeug, Fetzen bunter Zeitungen und widerliche Zigarettenschachteln.
Goldmarie sprang in den Brunnen und landete auf einer himmlischen Wiese, Alice fiel in ein Kaninchenloch und

schwebte hinab in ein Wunderland, Robinson Crusoe wurde auf eine einsame Insel gespült und blieb dort achtundzwanzig Jahre, ich schritt durch Müll über zerfetzten Maschendraht in einen Dornenwald.
Der Alte, das Gesicht unter der Kapuze verborgen, mit seinem Brot unterm Arm, führte mich auf einem mit Kraut bewachsenen Weg. Unter der kargen Erdschicht spürte ich das Pflaster einer Straße. Wir kamen zu den Resten eines kleinen Bahnhofs. Das Bahnhäuschen war ein massiver Bau aus geschwärzten Klinkern. Die Schienen waren mit Bauschutt eingeebnet. Vor dem Bahnhaus fiel eine behagliche Bank auf, mit einem reinlichen Platz davor.
„Frauenhaus!“, sagte der Kapuzenmann. „Betreten verboten.“
Am Bahnhäuschen klebte auf vier Stahlsäulen ein Kasten mit Fenstern auf allen vier Seiten.
„Ehemaliges Schaltwerk“, sagte der Alte wie ein Reiseführer.
Die Fensterscheiben des Schaltwerkes waren vom Alter stumpf und milchig und dicht mit Lumpen verhangen.
„Betreten sehr streng verboten.“
Sehr streng also! Ich sah noch einmal hoch und entdeckte ein bläuliches Flackern an den Lappen. Es dämmerte schon. Ich konnte die Anlage neben dem Bahnhof nur undeutlich erkennen. Ich sah einige Mauerreste von Gebäuden, innerhalb dieser Quadrate waren Gärten angelegt.
„Das war mal die Buchhaltung“, erklärte der Alte, „jetzt wächst hier Gemüse. Viel ist noch nicht da, nur Salat, Kresse und Radieschen. Betreten erlaubt.“
Daneben waren die Mauern mit Draht und Brettern erhöht. Es schien ein Tiergehege zu sein.

„Das war mal die Werkskantine, jetzt wohnt hier eine Ziege. Betreten verboten, Lebensgefahr!"
Der Alte führte mich am Bahnhof vorbei, einen sehr schmalen, heftig gewundenen Pfad entlang. Dieser enge Gang mit seinen dichten Seitenwänden aus Dornengestrüpp, Schrott und Steinen erinnerte an ein Labyrinth, aus dem man nicht entweichen konnte. Etwa hundert Schritte vom alten Bahnhof entfernt, öffnete sich die Enge zu einer erfreulichen Lichtung. Dahinter stand, wie ein Waldhaus aus alten Zeiten, eine schiefe Blechhütte.
Auf die Flügeltüren am Giebel war grob „Zum Kopfstand" gepinselt. Darunter konnte man noch einige Buchstaben aus dem Wort „Bauarbeiterhotel" entziffern. Es gab keine Fenster. Zur Belüftung waren in die Seitenwände fünf handgroße Löcher ins Blech geschnitten. Aus den Löchern, die an Bullaugen erinnerten, kam warmes Licht. Schilfgras, Wilde Möhre und Rainfarn wuchsen an der Blechwand. In der Abenddämmerung sah die Hütte wie ein Schiff aus, das in grünen Wellen schaukelt. Der rechte Türflügel war in die Erde gesunken, der linke war einen Spalt offen. Das gleiche warme Licht der Bullaugen schimmerte durch den Spalt.
„Tritt ein, du wirst erwartet."

3. Kapitel
Drei Frauen im „Kopfstand“

Drei Frauen saßen im Laternenlicht feierlich wie ein hohes Gericht im engen Raum. Vor ihnen stand ein leerer Stuhl. Wortlos wurde ich auf diesen Platz gewiesen. Ich setzte mich zögernd und ahmte die Haltung der Frauen nach. Wir saßen so nah beieinander, dass meine Knie fast die Knie der Frauen berührten.

Eine zierliche junge Frau saß mit gesenktem Kopf neben einer würdigen alten Dame, deren schlanke Hände auf dem Griff eines Stockes lagen. Die dritte Frau war stark gerundet und hatte ein fröhliches Mondgesicht. Dann hob die zierliche junge Frau den Kopf und ich erkannte Rosalinde. Und sie war ... Wie soll ich's euch nur beschreiben? Ich sage einfach: Sie war das Gegenteil von verwahrlost.

Die Frauen schwiegen und betrachteten mich aufmerksam. Dann richtete sich die alte Dame in einer Weise auf, wie ich es bisher nur auf Gemälden der alten Meister gesehen hatte.

„Wir wollen hier in den Fabrikruinen ungestört leben“, sagte sie und schwieg wieder. „Die braven Bürger aus der braven Siedlung nebenan kann man sich leicht vom Leibe halten“, fuhr die alte Dame fort. „Ein paar leere Schnapsflaschen im Grase, nächtelang Fernsehgeflimmer an der Gardine, schon die übliche Verwahrlosung schreckt sie ab. Die Kinder aus dieser Siedlung aber sind nun mal keine braven Bürger, sie kommen näher und näher und stören unser stilles Leben.“

Wieder schwieg die Alte und musterte mich eindringlich.
„Wir brauchen einen Kinderschreck“, fuhr sie fort. „Wir brauchen ein abscheuliches, unsäglich hässliches Ungeheuer. Du sollst diese Aufgabe übernehmen.“
Sie wartete, bis mein Gesicht ihr sagte, dass ich ungefähr begriffen hatte, was da von mir verlangt wurde.
„Du darfst kostenlos in dieser Hütte hier wohnen“, fuhr die alte Dame fort. „Du bekommst drei Mahlzeiten täglich.“
Die alte Dame lächelte huldvoll. Ich war einfach nur verwirrt und wusste nicht weiter. Ich stammelte einige Zweifel an meiner Eignung für den Beruf eines Kinderschrecks. Ich wies auch auf die Harmlosigkeit meines Äußeren hin. Aber die alte Dame stieß ihren Stock unsanft an meinen Oberarm.
„Und was ist das?“
„Das sind Muskeln.“
„Gut. Schön hässlich. Und das Kraut hier?“
„Ich bin etwas behaart.“
„Gut. Schön hässlich. Auf dem Kopf fehlt es an Kraut. Warum hast du dir lange Haare über die Glatze gelegt und am Hinterkopf zusammengebunden?“
„Ich wollte ...“
„Ach, Faxen, Ziererei. Mach das da auf und lass die Haare neben der Glatze herunterbaumeln.“
„Aber ... Es wird dann vielleicht etwas unerfreulich aussehen.“
„Höchst erfreulich! Schön hässlich. Gut, das bleibt so. Vielleicht einen Tropfen Öl auf die Glatze. Sie muss weithin glänzen. Nach dieser Platte sollst du heißen, ‚Kahler Barbar‘. Barbar heißt *Stammler*. Stammler ist gut.“

Die alte Dame sah nach links und rechts zu den jungen Frauen.
„Zu lang“, sagte Rose. „Kahler Baba ist besser.“
„Ja, Kahler Baba passt“, stimmte die alte Dame zu. „Du bist also ab sofort der *Kahle Baba*.“
Sie stieß ihren Stock auf den Boden. Tok! Tok!
„Aber …“
„Und merke dir, Kahler Baba, schlage ich mit dem Stock zwei Mal auf den Boden, so Tok! Tok!, dann ist mein Wort festgestampft und Gesetz. Und es gibt kein Aber. So.“
Die strenge alte Dame sah mich erwartungsvoll an. Ich wusste nichts zu sagen.
„Ich warte.“
„Worauf?“
„Dass du sagst, ich übernehme diese ehrenvolle Aufgabe.“
„Warum sollte ich? Diese Aufgabe ist höchst seltsam. Warum sollte ich Kinder ängstigen?“
„Weil dich Rose-Rad-ab anlächelt.“
Rose-Rad-ab, früher Rosalinde genannt, hatte bis jetzt vermieden, mir in die Augen zu sehen. Nach dieser Aufforderung hob Rosalinde den Kopf, sah mir in die Augen, und ihre Augen sprühten vor Intelligenz und Übermut. Nein, hier hatte niemand ein Rad ab. Ich sah die stark gerundete junge Frau an. Sie blickte offen entzückt mal zu Rose, mal zu mir. Ich sah in die Augen der alten Dame, warm und klug und etwas besorgt nahm sie meinen Blick an.
Und, das Wichtigste, das noch nie Gefühlte, hier war Vertrauen möglich. Ich stimmte zu.
„Bedingungslos?“
„Bedingungslos.“

„Der Vertrag ist abgeschlossen. Du bist in unseren Verbund als Hilfskraft aufgenommen."
Tok! Tok! Zweimal stieß der Stock auf den Boden und besiegelte den Vertrag.
„Jetzt zur Kleidung. Dreifingerregel. Daumen hoch: Hemd. Zeigefinger hoch: Hose. Mittelfinger hoch: Sandalen."
„Kein Unterzeug?"
„Wozu? Wäschst du dich vielleicht nicht gründlich? Willst du dich üppiger kleiden als wir Frauen?"
„Aber Frauen ..."
„Frauensommerbekleidung. Dreifingerregel: Kleid, Sandalen, Schmuck."
„Bei mir kommen natürlich noch zwei Kissen hinzu. Das sind hier nämlich nur Kissen. Nicht, dass du denkst ..."
Die Frauen lachten, das große Glüh wurde puterrot.
„Immer nur ein einziges Kennzeichen", erklärte Tok-Tok. „Glüh hat die Nilpferdrundungen, Rose hat ein Rad ab, das Heilige Graubrot hat sein Brot, ich habe den Stock und du hast den Kahlkopf. Der Rest, Dreifingerregel: Mimik, Schultern, Gangart. Mehr nicht an Verstellung. Nihil nimis, never zu viel. Täuschung muss einfach sein, sonst ist das bisschen Menschengehirn überfordert und nimmt die Täuschung nicht an."
Die würdige Alte erhob sich. Wir jüngeren Leute standen ebenfalls auf. An der Tür drehte sich die alte Dame um und betrachtete mich noch einmal sehr lange. Sie schüttelte besorgt den Kopf.
„Ach, Kahler Baba, du bist so hoffnungslos komisch. Wie nur soll ich dich zu einem Scheusal machen? Ich fürchte, es geht nicht anders, ich muss dir die Sprache wegnehmen. Die Sprache verriete dich sofort."

„Aber ich muss doch irgendetwas sagen, wenn ich Leute treffe? Das gehört sich so."
„Warum? Du kannst doch auch Fratzen schneiden, mit den Händen fuchteln, trällern, brüllen und grunzen."
„Darf ich wenigstens ein paar Worte grunzen: *Ich, Kahler Baba! Ich, böser Baba.*"
„Gut, *das* darfst du grunzen, meinetwegen auch noch ein paar Schimpfworte und Flüche stammeln, aber nichts Vernünftiges und nur keine richtigen Sätze dahersagen."
Sie stieß ihren Stock zweimal auf den Boden. „Das, Kahler Baba, gehört jetzt zum Vertrag", sagte Tok-Tok streng, fügte aber lächelnd hinzu: „Und musst du unbedingt etwas Kluges von dir geben oder verschachtelte lange Sätze reden, dann mach das mit uns, wir halten das schon irgendwie aus."

Kaum war Tok-Tok verschwunden, huschte geräuschlos der Alte mit dem Brot unterm Arm herein. Er legte das Brot auf den Tisch. Er holte ein Bündel Papiere hervor, reichte es mir zusammen mit einem Stift und zeigte auf das letzte Blatt.
„Hier unterschreiben."
Ich überflog die Papiere. Es waren meist Geldüberweisungen. Alle meine nicht ganz unbeträchtlichen Schulden, sogar die, die ich schon vergessen hatte, waren bezahlt worden. Dann, die letzte Seite, war eine Vollmacht, dass jemand Miete, Versicherungen, Müll und Ähnliches, also die Kosten meiner Wohnung in der Stadt, für mich übernehmen werde. Der ganze Bürokram musste in den wenigen Stunden erledigt worden sein, in denen ich k. o. herumgelegen hatte. Ich glaube nicht an dunkle Zauberkräfte. Aber

die Kraft, die das geplant und ausgeführt hatte, war gut organisiert, unsichtbar und nicht klein. Mit dieser Kraft war ich nun durch mein Wort und ein Tok! Tok! und vor allem durch ein Frauenlächeln verbunden. Also schrieb ich, ohne zu zögern, meinen Namen neben dem Fingernagel einer gepflegten Greisenhand aufs Papier. Still verschwand der Alte. Das Brot ließ er zurück.
Rosalinde lächelte mich wieder an, so innig, wie man einem Kind zulächelt, das man sehr gern hat, aber mit dem man noch lange nicht über heikle Dinge reden kann.
„Stell keine Fragen“, sagte sie nur.
Dann nahm sie die große, runde Frau, die mich mit unverhohlenem Behagen anstarrte, an die Hand und zog sie mit sich hinaus in die dunkle Wildnis.

Drei schöne Frauen
bargen ein wunderbares Geheimnis,
nach dem ich nicht fragen durfte.

4. Kapitel
Wer schleicht da durch die Nacht?

Das Kichern und Schwatzen der Frauen entfernte sich und verstummte. Ich sah den Hebel an der Blechtür, mit dem ich mich einschließen konnte. Ich schloss mich nicht ein. Es war sehr still. Im schwachen Licht der Laterne sah ich mich um. Der verbeulte und rostige Blechkasten war früher ein oben offener Abrollcontainer, eine Riesenblechwanne für fünfunddreißig Tonnen groben Bauschutt gewesen. Den Container hatten die Abrissarbeiter auf den Kopf gestellt, sicher, um dort teure Maschinen und ihre Wertsachen einzuschließen. Das war für sie eine Art Tresor. Die Schrift an der Tür sagte, dass der Eisenkasten auch manchmal eine Notunterkunft war, um die Hotelkosten zu sparen.

Ich betrachtete die Einrichtung der Hütte: Tisch und Stuhl, ein schmaler Schrank, ein eisernes Bettgestell mit Strohsack und einer Decke am Fußende. Sonst standen da nur noch eine Schüssel und zwei Eimer, einer mit klarem Wasser gefüllt und ein leerer Eimer. Aha, das also war mein Bad. Sich in die Schüssel stellen und kaltes Wasser über den Kopf schütten, so sah also meine Dusche aus. Dann gab es nur noch eine Werkzeugkiste und eine Futterkiste. Mehr war da nicht. Ich betrachtet meine Essensvorräte in der Futterkiste: Haferflocken, Kartoffeln; dazu Salz, Öl, Knoblauch und Zwiebeln. Sicher war das meine Wochenration.

Ich setzte mich an den Tisch. Ich zog die Laterne heran, legte mein Notizbuch davor und machte auf einer leeren

Seite drei Kreuze. Neben die Kreuze schrieb ich: Tor, Bahnhof, Kopfstand. Mit Wellenlinien, das sollte „Pfad“ bedeuten, verband ich die Kreuze. Das war nicht viel. Trotzdem beruhigte die Zeichnung. Ich malte einen Kringel um den „Kopfstand“ und sagte mir: „Hier also bin ich.“ Dann zeichnete ich ein Strichmännchen und drei Strichweiblein. Das erste Weiblein bekam einen Stock, das zweite Rundungen und das dritte eine Blume auf den Kopf. Das Strichmännchen verzierte ich mit Dach und Kreis, das sollten Kapuze und Brot sein. Ich schlug eine neue Seite auf. Ich stellte mir drei Aufgaben und schrieb sie in Druckbuchstaben übers ganze Blatt.

ERSTENS. ROSE NAHE SEIN!
ZWEITENS. KINDER VERJAGEN!
DRITTENS. GEHEIMNIS DER FRAUEN ERGRÜNDEN!

So schuf ich erste Ordnung im Kopf.
Der Wind schabte Zweige an der Blechwand. Ich hörte Froschquaken und seltsame dunkle Rufe. Eulen? Ja, das waren Eulenrufe. Der Ort wird nicht umsonst *Eulengrund* heißen. Dann hörte ich ein beunruhigendes Tapsen. Das waren eindeutig Schritte. Die Schritte kamen draußen immer näher an die Blechwand. Manchmal war es ein Trippeln, manchmal verharrten die Schritte, manchmal entfernten sie sich, manchmal kamen sie zurück. Es mussten mehrere Schleicher sein, die sich vor meinem Blechhaus bewegten. Es schien, als kämen immer neue hinzu, als würde sich da draußen eine größere Bande versammeln. Ich blies die Kerze aus und tastete mich zur Tür. Ich wartete. Die Wolken vor dem Mond

waren mal locker, mal dichter. Endlich war die Nacht beinahe schwarz und ich schob mich lautlos durch die halb geöffnete Tür. Draußen drückte ich den Rücken gegen das Blech und glitt so an der Rückseite der Hütte dahin. Die Wolken gaben den Mond frei. Zum Glück beschien er die Vorderseite des Containers. Ich blieb auf der Rückseite im tiefen Schatten.
Behutsam entfernte ich mich nun von der Blechwand. Schritt für Schritt tastete ich mich vorwärts. In weitem Bogen gelangte ich so zur Vorderseite der Blechhütte. Ich fand ein Versteck in einem dichten Gebüsch, durchzogen mit Brombeerranken und hohem Kraut. Ich drückte mit dem Rücken eine Höhle in das undurchdringliche Geflecht und hatte eine sichere Beobachtungsstelle, den Rücken gedeckt und gute Sicht auf den mondbeschienenen Platz vor der Hütte. Selbst unsichtbar, überschaute ich das Gelände wie aus dem behaglichen Dunkel einer Loge die beleuchtete Theaterbühne. Das Spiel konnte beginnen. Kommt hervor, ihr Schleicher! Nur Mut, ihr Banditen, stürmt die Hütte!
Die Banditen kamen, doch sie stürmten nicht. Sie hüpften vergnügt umher. Es waren Wildkaninchen. Ihre kurzen Hüpfer hatte ich für Schritte gehalten. Ich schämte mich etwas, aber nur kurz. Ich bin ein Großstädter. Ich kann nun mal nicht wie ein Wilddieb lauschen. Ich betrachtete vergnügt das kleine Kaninchenfest im Mondenschein. Warum ich in meinem Versteck unbeweglich stehen blieb, wusste ich selbst nicht.

Die ausgelassene Stimmung der Wildkaninchen ist doch recht flüchtig und ihre Tänze sind kurz. Sie erstarrten

plötzlich in ihren Bewegungen, spitzten – und das wortwörtlich – ihre Ohren, und wie mit dem Besen von der Bühne gefegt, so waren sie plötzlich verschwunden. Jetzt wird wohl eine Eule auf die Bühne fliegen, oder ein Fuchs hat seinen Auftritt, dachte ich. Doch kein Kaninchenjäger kam aus dem Dunkel. Aus dem Dunkel kam ein kleiner Mensch. Genauer gesagt, es kam der Schatten eines kleinen Menschen. Und der Schatten kam auch nicht so einfach daher, der Schatten tanzte aus dem Dunkel hin zu der schiefen Blechhütte. Das war ein kleiner Mann in einem eng anliegenden schwarzen Trikot mit einer schwarzen Skimaske. Er hatte einen breiten Gürtel um, an den eine Werkzeugtasche geschnallt war. Solche Taschen haben Handwerker, die in großer Höhe arbeiten. Nah an der Hütte änderte der Schatten seine artistisch schnellen und eleganten Tanzschritte und näherte sich langsam auf Zehenspitzen einem der faustgroßen Gucklöcher. Er hielt inne und drehte sich um. Sein Blick tastete gründlich die Umgebung der Hütte ab. Als er in meine Richtung blickte, war mir, als verweilten seine Augen etwas. Ich drückte mich rückwärts tiefer in die schwarze, stachlige Höhle. Der kleine Kerl wandte sich wieder der runden Öffnung im Blech zu. Er spähte lange in das Innere der Hütte. Dann drückte er sein Ohr an die Hüttenwand. Ein Fauchen in der Nähe und ein Jammerton, Geräusche einer erfolgreichen Kaninchenjagd, schreckten den kleinen Kerl auf und er verschwand in katzenhaften Sprüngen. Das geschah in wenigen Sekunden. Diese Erscheinung war so unwirklich, so schwerelos, so katzenhaft geschmeidig, dass ich vor mich hin flüsterte: „Ein Kobold."
Mein Gehirn trübte ein Gespensternebel.

„Es gibt keine Kobolde!“, sagte ich mir, als riefe ich mich zur Ordnung. „Die Werkzeugtasche war nicht aus einem Märchen, die war aus einem Baumarkt. Kobolde gehen nicht in Baumärkte und kaufen dort Werkzeugtaschen.“

Ich verließ mein Versteck. Ich ging offen über den freien Platz zurück in mein Bauarbeiterhotel „Zum Kopfstand“. Ich ließ die Tür halb geöffnet. Ich zündete die Kerze in der Laterne an. In mein Notizbuch zeichnete ich neben das Kreuz „Kopfstand“ ein tanzendes Strichmännchen. Darunter schrieb ich „Kobold“. Ich schloss mein Notizbuch und öffnete die Futterkiste. Ich fand einen Topf und einen Spirituskocher und kochte mir Pellkartoffeln. Ich hatte eine heiße Kartoffel im Mund, da knarrte die Tür.

„Rose kommt zurück“, dachte ich froh. Ich schluckte die heiße Kartoffel, denn man kann nicht mit einer heißen Kartoffel im Mund selig „Rosalinde!“ hauchen. Ich hauchte nicht „Rosalinde“, ich sagte:

„Oh weh, bist du hässlich.“

Es war also nicht Rosalinde, die sich durch den Türspalt zwängte. Es war eine magere Hündin. Das Tier blieb halb in der Tür und starrte auf meine Kartoffeln.

„Komm rein“, sagte ich und fügte schnell hinzu, „aber nicht zu nah.“

Das Tier kam herein, kam viel zu nah, saß gespannt vor dem Tisch und saugte sich voll Kartoffelduft. Ich sah einen kahlen Fleck auf dem Hunderücken. Die kahle Stelle war genauso groß und genauso kreisrund wie meine kahle Stelle auf dem Kopf.

„Räude“, stellte ich fest, „wirst wohl Babarina heißen.“ Ich zerteilte die Kartoffeln, damit sie schneller abkühlten. „Warte. Ich muss erst pusten. – Jetzt geht’s.“

Ich warf ihr die Stücke zu. Sie schnappte die Viertel aus der Luft und schlang sie ohne Bewegung der Kiefer hinunter. Es tropfte aus den Lefzen. Als die Hündin die gute Hälfte meines Abendbrots verschlungen hatte und ich mich nun auch am Mahl beteiligen wollte, kam das erste Geräusch aus dem Tier. Das war ein bettelnder Fiepton.
„Da, nimm, das Letzte, mehr gibt's nicht. – Nein, das Brot wird nicht angerührt. Ich weiß, es duftet. Und nun verschwinde! Zieh ab! Zieh Leine! Verzieh dich! Schieß in den Wind! Ab durch die Mitte! Geh deiner Wege. Du hast deine Probleme, ich habe meine. – Nein, da kannst du Augen machen, wie du willst. Ich falle darauf nicht rein. Ein rührender Ausdruck in den Augen kostet keine Mühe und schon habt ihr dummen Hunde Unterkunft und drei Mahlzeiten täglich. Nicht mit mir. Du ziehst hier nicht ein. Punkt. Basta. Tok! Tok!"
Ich machte ein strenges Gesicht, hob den Arm und zeigte auf die Türspalte.
„Ich habe meine Pflicht als Gastgeber erfüllt und nun geht jeder wieder seiner eigenen Wege. War mir ein Vergnügen, komm gut nach Hause."
Das hässliche Tier musste früher einmal in guten Verhältnissen gelebt haben. Es ließ den Kopf sinken und trottete mit eingeklemmtem Schwanz zur Tür. Es knarrte ein wenig, denn der Hundebauch war nun doch einige Millimeter breiter.
Ich aß zu Ende, räumte auf, betrachtete besorgt meine Essensvorräte. Das runde Brot des heiligen Mannes blieb unberührt, obwohl mein Appetit darauf übermächtig war. Ich legte mich auf den knisternden Strohsack. Die Tür blieb einladend einen Spalt breit offen, auch die Laterne

löschte ich nicht. Ein leichter Wind rieb Zweige am Blechdach. Ich hörte Froschquaken. Ganz nah musste es einen Teich geben. Ich schlief ein.

„Du Narr!", quakte im Traum ein fetter Frosch. „Du Narr hast dich auf ein Schachbrett der Riesen verirrt. Ein dicker Daumen lauert über dir. Quak! Quak! Du Amateur, du jämmerlicher Stammler betrittst eine Bühne und weißt den Text nicht, kennst nicht die Rolle, die du spielen sollst."

Der Frosch sprach klar und vernünftig. Ich antwortete närrisch und verworren, sprach von den Augen der drei Frauen und forderte einen Blick in die Augen des Froschs. Weil der Frosch das verweigerte, lehnte ich weitere Gespräche mit ihm ab. Aber der Frosch quakte weiter: „Du Narr! Du Narr!" Dann träumte mir, dass die Tür dreimal knarrte und die kahle Hündin drei fette Frösche unter mein Bett schleppte.

Ich erwachte. An der Kerze konnte ich sehen, dass ich kaum eine Stunde geschlafen hatte. Ganz nah, nur wenige Zentimeter von mir entfernt, raschelte es. Unter meinem Bett war irgendetwas im Gange. Ich stand auf, nahm die Laterne und sah nach. Die kahle Hündin hatte tatsächlich etwas hereingeschleppt, aber es waren keine fetten Frösche, es waren drei fette Hundebabys, Welpen. Aus meinem maßgeschneiderten Jackett hatte sie ein Lager gebaut und lag nun da und säugte ihre Brut. Die Augen leuchteten mich an.

„Nun gut", knurrte ich, „darfst bleiben. Ich werfe keine Mutter mit drei Kindern in der Nacht auf die Straße. Aber morgen werden wir ein ernstes Wörtchen miteinander reden."

Es schien, die Hündin glaubte nicht so recht an die *ernsten Wörtchen*. Sie gähnte ausgiebig und drehte ihren Kopf den Welpen zu.

5. Kapitel
Das große Glüh

„Ich bin so glü..., ich bin so glü..., ich bin so glücklich", jauchzte zur gleichen Zeit, etwa hundert Meter entfernt, das große Glüh in seinem Bett.

„Oho, mal was ganz Neues" antwortete Tok-Tok und sah von ihrem Buch auf. Im größten Wohnraum des Betriebsbahnhofs stand Tok-Toks Bett den Fenstern gegenüber an der Wand, im rechten Winkel am Kopf- und Fußende waren die Betten der jungen Frauen.

„Und warum, mein Glühwürmchen, bist du denn heute so glü...?"

„Weil er mir gesagt hat, dass ich ein prächtiges Weib bin."

„Er hat mit dir kein Wort gesprochen."

„Stimmt, mit dem Mund hat er nichts gesagt, aber mit den Augen hat er deutlich gesagt: ‚Du bist ein prächtiges Weib!' Darum bin ich glü... Ich glaube, er ist ein wenig in mich verliebt."

„Ach, mein Glühwürmchen, da irrst du dich. Er ist in mich verknallt. Naja, vielleicht auch ein wenig in Rose."

„Aber auch in mich. Er hat es deutlich mit den Augen gesagt."

Ein Kissen flog aus Roses Bett hinüber zu Glüh. Die jungen Frauen bewarfen sich mit Kissen, die alte Frau lachte. Dann war es lange still. Rose schlief. Die Buchseiten in Tok-Toks Hand raschelten.

„Ich bin so unglü...", flüsterte das große Glüh.

„Und warum, mein Kind, bist du auf einmal so unglü...?", flüsterte Tok-Tok, ohne vom Buch aufzusehen.

„Weil ich eine fette Made bin."
„Ach, mein liebes Dumm, von einer gewissen Höhe aus gesehen bist du nur ein Würmchen. Und du bist ein erfreuliches Würmchen, weil du glühst. Du bist halt ein Glühwürmchen."
Glüh seufzte und war nicht mehr unglü... Sie war übrigens nie richtig unglü... Sie wusste gar nicht, wie das geht.
„Gute Nacht, Tok-Tok."
„Ja, ja, schlaf endlich."
„Tok-Tok?"
„Schlaf."
„Ist unser Kinderschreck ein richtiger Schriftsteller?"
„Da gibt es eine warme Wahrheit und eine kalte. Die warme sagt: Ja. Ein Verlag hat einige dünne Büchlein von ihm gedruckt. Einige Zeitungen haben das freundlich bemerkt. Irgendwo wird es eine alte Tante geben, die das ausschneidet und in Heftchen klebt. Die kalte Wahrheit aber sagt: Nein. Die kalte Wahrheit sind die verkauften Bücher."
„Schlimm wenig?"
„Im hunderter Bereich."
„Es kann aber noch werden."
„So denke ich auch."
„Tok-Tok, du könntest ihn mir jeden Tag für ein Stündchen schenken."
„Wozu?"
„Damit ich ihn mit meinem Besen verdreschen kann. Er braucht das. Er braucht Antrieb. Er sieht schon etwas träge aus und wird fett."
„Na, meinetwegen."
„Ach, bin ich glü..."
Die jungen Frauen schliefen. Die alte Tok-Tok las bis zum Morgen.

6. Kapitel
Wasser und Brot

„Bad ist frei!"

„Das muss ein Traum sein. Ich träume Studentenbude, Häuschen in der Reihe, Familie mit Töchtern. Was soll dieser brave Morgenruf in der Wildnis?" So dachte ich und ließ die Augen geschlossen.

„Bad ist frei!"

Das war Rose. Ich träumte nicht. Vor meiner Hütte stand sie und rubbelte mit einem Handtuch ihre nassen Haare. Sie lachte mich an und ihre Augen blitzten.

„Komm, du bist dran. Wir sind schon fertig. Nimm ein Handtuch mit."

Müdigkeit, Bedenken und alle Nachtgespenster waren verschwunden. Ganz nah sang ein Vogel. Der Gesang war mir fremd, sehr kompliziert und seltsam schön.

„Ein Teichrohrsänger", erklärte mir Rose. Ich stand benommen da und lauschte. Ich sog tief die frische, würzige Luft ein. Ich sah mich um, sah zum roten Streifen am östlichen Himmel. Nein, das war nicht der Ort, den ich am Abend betreten hatte. Am Abend hatte ich einen trüben, verwahrlosten, sogar bedrohlichen Ort betreten. Jetzt stand ich mitten in einem verzauberten Garten. Und wenige Minuten später, als Rose mich durch Gezwitscher und durch Holunderdüfte hin zu einer Quelle geführt hatte, da stammelte ich das Wort: „Paradies."

„Viertelparadies", korrigierte mich Rose lachend. „Es waren vier Quellen im richtigen Paradies, die sich als muntere Bächlein durch den alten Garten kringelten. Wir haben

nur eine Quelle und ein Bächlein, aber das ist auch schon was. Wirst du gleich sehen."
Und Rose hüpfte beschwingt vor mir her am Bächlein entlang.
„Und hier, täteretä, unser Bad. Es hat auch einen Namen. Es heißt: *Schön gewölbete Glühwurmgrotte*."
Mit gelben Ziegeln und Betonbrocken war der Bach gestaut worden. Ein kleiner Teich war entstanden, geschickt geformt wie eine große Badewanne. Das prickelnde, wirbelnde Wasser war glasklar. Daneben als Blickschutz und Windschutz war ein Stück Mauer aufgeschichtet – tatsächlich schön gewölbet. Rose lächelte, als ich die Größe der Steinbrocken betrachtete.
„Glüh ist stark", sagte sie stolz. Dann hüpfte Rose davon.
„Tok-Tok erwartet dich vor dem Betriebsbahnhof", rief sie noch. „Beeil dich! Dort gibt's auch Kaffee!"
Das Wasser war so eiskalt, dass ich vor Behagen brüllen musste.
„Gut gebrüllt, Untier!", rief Rose von Weitem und lachte.

Tok-Tok erwartete mich auf der Bank vor dem Bahnhäuschen. Rose brachte mir Kaffee und ein dickes Butterbrot.
„Was soll das?", murrte Tok-Tok. „Was soll die Butter? Heute ist kein Sonntag."
„Es ist Babas erster Arbeitstag, ehrwürdige Tok-Tok, der sollte festlich beginnen."
„Ach, Kind, du verwechselst ‚Fest' mit ‚Mast'. Nun lass uns allein."
Rose verschwand im Haus.
„Gib mir ein Stück von deinem Brot", forderte die alte Dame. Ich reichte ihr die Hälfte.

„Ein Jüngling trifft eine Alte und gibt ihr ein Stück Brot. Darauf macht der Jüngling eine märchenhafte Karriere und obendrauf gibt es noch eine Prinzessin.“ Sie lachte. „Nun, wir werden sehen.“

Darauf zerkrümelte die alte Dame das Butterbrot und streute es vor sich hin. Ein Schwarm Sperlinge fiel sofort über das Futter her.

„Was siehst du?“

„Viele kleine graue Vögel fressen mein gutes Butterbrot.“

„Du siehst nichts.“

„Doch, ich sehe Sperlinge.“

„Genauer.“

„Etwa dreißig.“

„Du hast Betonaugen. Du hast einen unglaublichen Treffer der Natur vor Augen und siehst ihn nicht.“

Mich traf ein scharfer Blick, der Blick eines Generals, der seine schwache Truppe musterte.

„Was weißt du? Was ahnst du?“, fragte Tok-Tok unvermutet streng.

„Ich weiß, dass es hier eine Quelle gibt.“

„Und was ahnst du?“

„Dass diese Fabrikruine ein Biotop ist.“

„Und wir? Wer sind wir? Was tun wir hier?“

„Ihr erforscht das Biotop, ihr seid Wissenschaftlerinnen.“

Tok-Tok nickte kaum sichtbar.

„Die Quelle speist einen Sumpf“, erklärte sie ruhig. „Im Westen ist ein Bahndamm, im Süden ist eine Autobahn, der Abfluss ist versperrt. So entstand der Sumpf. Ein Sumpf ist Schutz und Fruchtbarkeit.“

Sie hob den Stock und wies auf die nahen Sträucher.

„Es gibt hier sehr viel Stacheldraht, viele tausend Rollen.

Es war die letzte Produktion der Eisenwerke ‚Pross und Co'. Der Rost und die Spannkraft in den Rollen machten das Stachelzeug lebendig. Die stählernen Dornen verstrickten sich mit echten, lebendigen Dornen der wilden Rosen, der wuchernden Brombeerhecken, der Disteln und des Stechginsters. Ein Zufall hatte einen undurchdringlichen Dornenpanzer geschaffen. Was für eine Chance für Tausende Tierarten, für Millionen Insekten, für unzählige bedrohte Pflanzen. Sie fanden ein sicheres Versteck. Ein einzigartiges Biotop, eine Schatzkammer war entstanden."

Die alte Dame richtete sich auf. Mehr wollte sie nicht verraten.

„Wir, eine kleine, verschworene Gruppe Wissenschaftlerinnen, wollen diese Schatzkammer erforschen und vor allem be-wah-ren."

„Aber warum so geheim?"

„Diese Schatzkammer würde in wenigen Tagen geplündert und zerstört, würde sie als Schatzkammer erkannt."

„Warum erklärt ihr nicht einfach das Gelände zum streng geschützten Naturpark? Das geht doch. Das gibt es doch überall?"

„Ja, das ließe sich machen."

Tok-Tok schwieg lange.

„Einen Naturpark kann man mit Zäunen und Wächtern schützen", sagte die alte Dame, schwer auf ihren Stock gestützt. „Aber manchmal ist das nicht genug."

„Gibt es einen stärkeren Schutz als Wächter und Zäune?"

„Ja, gibt es."

Die ehrwürdige Tok-Tok sah mir ruhig in die Augen. Der Blick war immer noch prüfend, sogar etwas besorgt.

„Es gibt ein gutes, altes Hausmittel“, sagte sie dann leise, „das Gegenspieler fernhält, denen man nicht gewachsen ist.“

„Hat dieses Mittel einen Namen?“

„*Vorgetäuschte Harmlosigkeit.*“

7. Kapitel
Erste Berufserfahrungen als Kinderschreck

Drei Paletten standen schon senkrecht auf dem Klinkerberg und eine vierte lag darüber und hielt das Ganze fest. Schon über einen Meter strebte der Aussichtsturm in die Höhe. Carlito schlug lange rostige Nägel in das Bauwerk. Elle klopfte krumme Nägel gerade. Die Mädchen kamen gerannt.

„Carlito!", rief Miranda von Weitem und hastete mit Anna-Mu und dem Bäumchen den Berg herauf.

„Wir wollen nur eine Bude bauen", sagte Carlito verlegen.

„Wir wollen nicht höher hinauf ...", stammelte Elle Endstelle.

„Macht das später", sagte Miranda. „Ihr müsst uns helfen. Es liegt was auf dem Mädchenstein."

„Es wollte uns auffressen", sprudelte das Bäumchen los. „Ein Kinderfresstier mit langen Zähnen liegt auf dem Mädchenstein und hat uns wie ein Wolf angeknurrt."

„Blödsinn", sagte Anna-Mu, „das war kein Tier mit langen Zähnen, das war ein verwilderter, zottiger Riesenkerl mit Glatze. Der sah wie ein stark abgenutzter Wischmopp aus. Er hat auch nicht geknurrt, er hat geschnarcht."

„Hatte er was dabei?", fragte Elle Endstelle ängstlich. „Ich meine Waffen, Schießeisen oder Messer?"

„Messer!", rief Bäumchen. „Er hatte ein blutiges Messer, so groß." Sie zeigte, so weit die kleinen Arme reichten.

„Er hatte nur ein zerknülltes Hemd unterm Kopf", sagte Miranda. „Mehr hatte er nicht dabei."

„Ich hab mal einen Film gesehen", plapperte Anna-Mu, „darin war auch so ein Scheusal, das war ein Mutant ..."

„Hier treiben sich manchmal Wilddiebe herum“, sagte nachdenklich Carlito. „Die sind hinter den Kaninchen her.“

„Ich denke, dieser Kerl gehört bestimmt zu den armen Frauen aus dem Betriebsbahnhof“, sagte Miranda. „Er sah ganz so aus.“

„Kann schon sein“, sagte Anna-Mu, „aber auch wenn er ein Penner ist, darf er uns den Mädchenstein nicht wegnehmen.“

„Er ist fremd“, sagte Miranda. „Er weiß nichts vom Mädchenstein.“

„Ihr wartet hier“, sagte Carlito. „Wir regeln das. Komm Elle.“

„Wir gehen zusammen hin“, sagte Miranda. „Und wir werden ihn ansprechen.“

„Halten aber Abstand“, jammerte Elle Endstelle.

„Wir gehen zusammen bis auf Rufweite heran“, beruhigte ihn Miranda, „dann versuchen wir eine Verständigung.“

„Und wenn er nun boshaft ist, gewalttätig?“, fragte Elle Endstelle. „Ich habe in unserer Kneipe schon einiges erlebt.“

„Und ich hab mal einen Film gesehen von einem Serienmörder ...“, plapperte Anna-Mu.

„Wenn er wild wird, rennen wir“, antwortete Miranda. „Wir kennen uns hier besser aus. Der kriegt uns nie.“

Miranda lief den Berg hinab. Carlito versuchte sie zu überholen. Anna-Mu stolperte mit Bäumchen an der Hand hinterher. Elle Endstelle aber achtete schon weit vor dem Mädchenstein auf einen sicheren Abstand.

Mein erster Auftrag war die Eroberung des Mädchensteins. Dort sollte ich mit einem rüpelhaften Auftritt die Mädchen erschrecken und vertreiben. Ich war pünktlich

am Vormittag auf meinem Arbeitsplatz, dem von Wind und Wetter blank gescheuerten Zementklotz. Ich wartete. Ich zog mein Hemd aus, knüllte es als Kopfkissen zusammen, streckte mich aus und schloss die Augen. Es summte und zwitscherte um mich herum. Ich dachte an das Gespräch auf der Sperlingsbank. Das wunderbare Geheimnis der drei Frauen blieb ein Geheimnis. Doch Tok-Tok hatte mir ein paar Schlüsselwörter zugeworfen:
Unglaublicher Treffer der Natur, Schatzkammer und *Gegenspieler, denen man nicht gewachsen ist.*
Mehr hatte sie nicht verraten. Nun, ich habe ja auch nicht alles gesagt, ich habe Tok-Tok nichts vom Kobold gesagt. Der Kobold könnte zu den „Gegenspielern" gehören, er könnte ein Spion dieser „Gegenspieler" sein. Vielleicht kann ich mich über meine Hilfsarbeit hinaus etwas nützlich machen. Ein tiefes Behagen stellte sich ein.
Mädchenstimmen näherten sich.
„Warte, Miranda!"
„Nun kommt doch endlich!"
„Bäumchen, die blöde Kröte, hebt jeden Dreck auf."
„Lass sie doch."
„Stöcke oder Steine, entscheide dich ..."
Dann war es mit einem Schlag still. Die Kinder hatten mich entdeckt. Es wurde geflüstert. So, nun war mein Auftrag, mich wie ein böses Vieh zu benehmen. Das hatte ich mir ganz einfach vorgestellt, ein großer Spaß sollte das werden. Doch als es so weit war, da schämte ich mich. Ich schämte mich so sehr, dass ich, der Athlet, keine Kraft hatte, mich aufzurichten. Ich tat, als schliefe ich weiter. Die Mädchen flüsterten miteinander. Das Flüstern entfernte sich. Ich blieb liegen. Ernsthaft unglücklich über mein

Versagen war ich nicht. Ich prägte mir die Namen *Miranda* und *Bäumchen* ein.

Nach einer halben Stunde kamen die Stimmen zurück. Zu den Mädchenstimmen hatten sich noch Jungsstimmen gesellt.
„Hallo!“, rief mir ein Mädchen zu. „Mein Herr! Sie da auf dem Stein, verzeihen Sie die Störung.“
Sich schlafend stellen war nach dieser höflichen Anrede nicht mehr möglich. Was sollte ich tun? Ich musste reagieren. Aber mich wie ein böses Vieh zu benehmen, war mir auch nicht möglich. Ich hob den Kopf und tat so, als wüsste ich nicht recht, was los ist. Ich blinzelte die Kinder an.
„Es tut mir sehr leid, mein Herr, ich muss Sie bitten, diesen Ort zu verlassen.“
Ich grunzte.
„Sie konnten es ja nicht wissen“, fuhr das Mädchen fort, „aber das ist ein ganz besonderer Stein, es ist der Mädchenstein. Jungs und Männer dürfen nicht in seine Nähe kommen.“
Ich versuchte ein Gesicht, das mühseliges Nachdenken vorzeigen sollte. Damit gewann ich Zeit und konnte mich so langsam in meine Rolle finden.
„Bitte haben Sie Verständnis. Hier ist doch sehr viel Platz im Eulengrund. Suchen Sie sich einen anderen sonnigen Ort. Dort werden wir Sie ganz bestimmt nicht stören.“
„Sag’s mal englisch, Miranda, und Carlito soll es spanisch erklären“, flüsterte das rundliche Mädchen.
„Können Sie mich verstehen?“
Ich nickte ihr zu. Miranda also hieß die große Dünne. Sie

war, so schien es, die Chefin der kleinen Schar. Der Junge mit den schwarzen Haaren hieß Carlito.
„Vielleicht wäre es gut, wenn Sie, mein Herr, sich vorstellten, damit ich Sie höflich anreden kann."
„Ich bin ... nun ja, das sieht man doch", stammelte ich verlegen und stand langsam auf. Ich hatte hier eine Arbeit zu erledigen, die Arbeit war, Schrecken zu produzieren. Ich wollte gut arbeiten, aber ich war ein Anfänger. Ich musste meinen Beruf erst erlernen. Kinder erschrecken ist nicht einfach. Im Liegen, so viel hatte ich schon kapiert, schafft man das nicht. Im Stehen fühlte ich mich schon sicherer. Ich suchte nach einer passenden Körperhaltung und ließ den Kopf ein wenig baumeln, dass meine Frisur zur Wirkung kam. Dann machte ich mich etwas krumm und federte in den Knien, um eine pantherhafte Gefährlichkeit anzudeuten. Die Augen der Kinder weiteten sich. Und nun Kraft und Dummheit in die Stimme geben.
„Ich bin", rief ich drohend, „grunz, grunz, der Kahle Baba, der böse Baba Kinderbeiß!", und bleckte auch noch die Zähne. Die Kinder wichen erschrocken zurück. Schockiert standen sie eine Weile still, dann rannten sie davon.
„Stein ist meine, Dreck ist deine!", rief ich hinterher.
Der Spruch, kurz und würzig, ließ sich gut brüllen.
„Stein ist meine, Dreck ist deine!", brüllte ich immerzu, bis die Kinder hinter einer Biegung des Pfades verschwunden waren.
„Für den Anfang", sagte ich zu mir, „war das gar nicht übel. Ich habe ein hübsches Stückchen Schrecken produziert."
Ich wartete noch etwas, dann ging ich zurück in mein verbeultes Blechhaus mit Namen „Kopfstand". Ich öffnete den Deckel der Futterkiste. Keine geheimnisvollen Hände hat-

ten da Kartoffeln nachgefüllt. Da nahm ich das Brot des Alten, befühlte es, roch daran. Babarina legte ihre Schnauze auf mein Knie.

„Hör auf zu fiepen! Und sabbere nicht!“

Gemeinsam aßen wir behaglich das große runde Brot auf.

8. Kapitel
Ich bekam Prügel und Kupferspecht ein Frühstück

Am nächsten Morgen, nach dem Bad in der Grotte, saß ich wieder mit der ehrwürdigen Tok-Tok auf der Sperlingsbank. Ich prahlte wohl etwas über meinen ersten Erfolg als Kinderschreck.

Tok-Tok sagte nichts dazu. Sie musterte mich nur. Dann zeigte sie in den Sperlingsschwarm vor unseren Füßen.

„Sieh dir diesen aufgeplusterten Sperlingshahn an, der dort so wütend hin und her hüpft, der heißt Bojar."

Sie pfiff. Das zänkische Tier sah auf, zankte aber weiter. Tok-Tok pfiff lauter. Der Sperling flog auf, drehte ein paar Runden über unseren Köpfen, setzte sich auf die nach oben geöffnete Hand der alten Dame und hackte wütend auf die Fingerspitzen.

„Er ist ein Macho und Raufbold. Die Mädchen sagen, ich hätte ihn verzogen. Das stimmt, ich verziehe den Bojaren, aber ich studiere ihn auch."

Und wieder traf mich ihr schalkhaft funkelnder Blick.

„Und was habe ich erforscht? Der Macho hat eine verlauste Freundin. Und wie bin ich darauf gekommen? Ich habe nachgedacht, wenn du weißt, was ich meine."

Blick.

„Warum bringt dieser Kerl so gern meine Frisur in Unordnung? Warum scharrt er so eifrig in meinem Haar? Ganz einfach, er hofft auf Tierchen, die dort herumkriechen. Der Schluss liegt nah: Er kennt ein Fell mit Tierchen drin. Ein Fell mit Tierchen hat die Cora X-Bein. Ich habe den beiden aufgelauert und sie erwischt. Er kam geflogen, die

Ziege begrüßte ihn freudig und ließ sich flach auf die Erde fallen und er scharrte wild in ihrem Fell und fand ausreichend Tierchen. Die böse Ziege streckte wohlig den Hals und meckerte lieblich. Cora X-Bein, das wirklich Böse unter der Sonne, ist vernarrt in so einen winzigen Prahlhans. Ja, solche Wunder kann man schauen, wenn man gute Augen hat, und nicht den ganzen Tag auf nervöse Pixel starrt."
Ich war verlegen und wusste nicht zu antworten. Die ehrwürdige Tok-Tok unterbrach ihr Geplauder und wandte sich dem kleinen Vogel zu.
„Nein, das wirst du nicht tun!", drohte sie dem Spatz. Der winzige Tyrann hatte aufgehört, wütend auf Tok-Toks Finger zu hacken. Er hielt den Kopf schief und sah mich tückisch an.
„Wehe! Wehe!"
Zu spät. Der Unhold stieß sich von Tok-Toks Hand ab, flatterte kurz und landete auf meiner Glatze. Dort hüpfte er herum, beschwerte sich über die Ödnis und scharrte mit seinen winzigen Krallen. Tok-Tok lachte bewundernd und wedelte nicht allzu energisch mit der Hand. Das verzogene Balg flog auf und tauchte zurück in seine Spatzenschar.
„Die Kratzer sind nicht tief, die verheilen schnell", tröstete Tok-Tok. „Er hat saubere Krallen, denn er ist heute Morgen in meinem Haferbrei herumgetobt."
Sie zog aus dem Ärmel ein Tüchlein und reichte es mir. Ich nahm es, wischte mir die Kopfhaut. Und ich tat so, als würde ich nicht fühlen, was ich da in meiner Hand hielt. Ich fühlte die Meisterschaft von zehntausend Jahren Textilkunst. Wieder traf mich ein Blick. Der Blick sagte: Na, du kleiner aufgeplusterter Sperlingshahn! Sie lachte. Das Lachen war kühl und herzlich zugleich.

„Glüh wartet auf dich“, sagte sie bestimmt und wies in Richtung „Kopfstand“.

Glüh war, bevor sie aus ihrem früheren Leben, ähnlich wie Rose, verschwand, eine gefeierte Kampfsportlerin. Sie hatte sich alle Lorbeeren auf dem Gebiet „Bo Staff“ oder „Langstock“ geholt, alle Titel und alle Gürtel. Ihr Besen, den der Kupferspecht so fürchtete, war ein getarnter Weißeichestab, drei Pfund schwer. Sehr schwer für einen Kampfstock. Aber Glüh verachtete den leichten Roteichestab, oder gar den federleichten Rattanstab, selbst die modernen Kunstharzstäbe waren für sie nur Kinderspielzeug. Sie kämpfte mit der schweren, harten Weißeiche. Mich zu „verdreschen“ hieß also, dass sie mich in dieser Sportart unterrichten durfte.
Auf dem freien Platz vor dem „Kopfstand“ war der Boden fast eben. Der Bauschutt war festgetreten, und es gab nur ein paar Inseln Löwenzahn und Ackerwinde. Vier große, nackte Füße konnten dort ungehindert stampfen, gleiten und springen.
Ich war nicht ganz unerfahren in dieser Sportart, aber ich verriet das nicht und verstellte mich. Nach einigen langwierigen Vorübungen, wie Fuß vor, Fuß zurück, Gewicht verlagern, umfassen, bat ich Glüh, zur Lockerung einen fröhlichen Schlagabtausch zu erlauben. „Begegnung“ heißt das in der Fachsprache. Glüh juchzte vor Freude, und wir legten die Spielregeln fest. Die Hauptregel war: Kopf und Hals sind verboten, nur Oberarme, Rücken und nach unten verlängerter Rücken dürfen mit dem Stock berührt werden. Mir war erlaubt, derb zu sein, Glüh durfte mich nur behutsam berühren. Und los ging es. Wir tasteten uns

ab. „Klick-klack! Klick-klack!“, leichte Tändelei. Ich fuchtelte wie ein Anfänger herum und hieb ohne Deckung plump drauflos. Glüh, mit leichter Hand und vor allem leichten Füßen, wehrte die Angriffe ab und tippte mir nach jeder Abwehr auf den Oberarm. Als sie dann in ihrem fröhlichen Übermut nur noch auf den verlängerten Rücken tippte, machte sie Fehler. Sie nahm mich nicht ernst und vernachlässigte ihre Deckung. Ich wehrte ihren Stock ab und traf schön kräftig eines ihrer Kissen. Ich nutzte ihre Verblüffung und traf schön sauber auch noch ihr zweites Kissen.

„Schuft! Lügner! Tiefstapler!“, jubelte Glüh. „Na, warte!“

Und sie zeigte mir, dass ich tatsächlich nur ein Bo Staff-Stümper war. Ihr Stab war nur noch eine milchige Scheibe und berührte in hoher Frequenz kontrolliert abgebremst meinen Rücken und seine Verlängerung. Ich stolperte, fiel auf den Boden und rief: „Gnade! Gnade!“ Glüh warf den Stab weg und stürzte sich auf mich.

„Jetzt ist Ringkampf dran“, schnaufte sie. „Jetzt bist du der Lehrer.“

Und nun war ich der Behutsame und sie durfte rücksichtslos zufassen. Wir wälzten uns wie Bärenkinder, wir verschnauften, lachten uns an und weiter ging es. Ich spürte, dass Glüh eine durchtrainierte Athletin war und eine ungewöhnliche Bewegungsintelligenz besaß. Sie setzte klug ihr Gewicht ein, sie wechselte sicher aus weichem, spielerischem Fassen in blitzschnellen, harten Zugriff. Wenn Begabung nur ein anderes Wort für die Fähigkeit ist, sich rückhaltlos in eine Sache hineinzuwerfen, dann war Glüh hochbegabt. Es war ein Fest, mit ihr zu kämpfen. Vielleicht nicht gerade ein Sportfest, eher

war es ein Kinderfest. Schließlich lagen wir schön erschöpft auf dem Rücken.
„Schwesterchen“, sagte ich keuchend. „Mein liebes, kleines Schwesterchen, du bist wunderbar.“
Sie zögerte. Es war vielleicht nicht ganz der Wortlaut, der ihr angemessen schien.
„Brüderchen“, stimmte sie schließlich zu, „du bist ein herrlich griffiger Klops.“
Und wir brüllten vor Lebenslust und Dummheit. Dann sprachen wir über Trainingsmethoden.
„Weißt du, Baba-Brüderchen, mit wem ich in den letzten Wochen meine Reflexe wachgehalten habe?“
„Mit Rose?“
„Mit Cora X-Bein, dem wirklich Bösen unter der Sonne.“
Glüh stand auf, nahm ihren Bo und hielt ihn mit beiden Händen schräg vor dem Bauch.
„Ich stellte mich so hin, mit dem Rücken zur Ziege. Dann trällerte ich vor mich hin. Denn das Vieh ist schlau, sie spürt, wenn ich auf sie lauere. Und dieses tückische Aas lässt mich warten. Ich sehe nicht hin. Ich habe nur meine Ohren. Ich höre sie Zweige knabbern. Ich höre, wie sie sich an einem Stamm scheuert. Ich höre ihre Hufe, wie sie gelangweilt hin und her läuft. Oh, sie ist raffiniert, fast eine Psychologin. Sie findet den Moment des Abfalls meiner Spannung. Dann, aus dem Stand, springt sie hoch, dreht in der Luft und rast mit gesenktem Kopf auf meine Kissen zu.“
Glüh löste eine Hand vom Stab, schwang ihn über die Schulter, fasste mit der freien Hand nach hinten und schützte so ihre Rundungen vor einem Angriff.
„Manchmal bin ich schnell genug und ihre Hörner kra-

chen gegen meinen Stab, manchmal bin ich nicht schnell genug ..."
Und wieder brüllten wir vor Lachen.

Mein Morgensport mit Glüh verschaffte dem Schrotthändler Kupferspecht ein kostenloses Frühstück im „Gasthof zur Endstelle".
„Noch etwas vom Rührei?", fragte der Wirt. Er umsorgte den kleinen Dieb beflissen.
„Danke!"
„Vielleicht noch einen Kaffee?"
„Ja, gern."
„Erzähl weiter", forderte der Wirt und griff nach der Kaffeekanne. „Und er, der Goliath, der Muskelkloß hat sich nicht gewehrt?"
„Er hat es versucht, hatte aber keine Chance. Ohne Mitleid, mit höllischem Gelächter, schlug sie mit ihrem Besenstiel auf den armen Idioten ein."
„Bist du sicher, dass es ein Idiot ist?", warf der Wirt ein.
„Er sieht idiotisch aus. Er ist behaart wie ein Affe und neben dem Gesicht hängen lange Zotteln herunter. Oben ist er kahl und glänzt wie dieser Kannendeckel."
„Und wie ging es weiter?"
„Sie hat auf ihn eingeschlagen, bis er auf der Erde lag und ‚Gnade! Gnade!' rief. Aber die fette Furie kannte keine Gnade. Sie warf den Besenstiel zur Seite und stürzte sich auf ihr Opfer. Er, der große, starke Kerl, wurde gerollt und geknetet wie ein Kuchenteig. Das zog sich hin und ich habe mich davongeschlichen. Von Weitem hörte ich noch, wie er schrie und bitterlich heulte."

„Sie haben sich einen Sklaven besorgt“, sagte nachdenklich der Wirt.
„Einen bärenstarken Sklaven.“
„Und jetzt richten sie ihn ab.“
„Und das gründlich.“
„Wofür richten sie ihn ab?“
„Er wird wohl Holz schleppen müssen, im Garten arbeiten, die böse Ziege füttern.“
„Vielleicht wird er auch als Wachhund abgerichtet.“
„Das macht unsere Sache nicht leichter.“
„Noch etwas Käse oder Obst?“
„Ja, beides.“
„Du sagst, er haust nicht mit den Vetteln zusammen im Betriebsbahnhof?“
„Er haust in einem Abrollcontainer, der auf dem Kopf steht.“
„Klopf mal an in der Nacht. So ein Sklave ist eine feine Sache“, sagte der Wirt und ergänzte lächelnd, „aber nur, wenn man sein Herrchen ist.“
„Vielleicht können wir ihn zu uns herüberholen.“
„Man müsste ihm etwas anbieten.“
Der Kupferspecht wies zum Schnapsregal über der Theke.

9. Kapitel
Angriff und Belagerung

Es war nach zwei, drei Tagen. Ich fürchtete schon, dass meine Aufgabe, die Kinder zu vertreiben, erfüllt wäre. Nach einem guten Essen mit Babarina tupfte ich gerade mit den Fingerspitzen die letzten Krümel vom Tisch, als Kieselsteine gegen mein Blechhaus knallten. Die Hündin kroch schnell unter das Bett zu ihren Jungen. Ich spähte durch eine der faustgroßen Luken. Die Kinder versteckten sich im Gebüsch, rannten daraus ein paar Schritte vor und warfen ihre Steine. Dann huschten sie zurück in die Deckung. Wie fröhlich die Beine flitzten und die Arme schlenkerten. Das war vergnüglich anzusehen. Nachdem die Kinder ihre Munition an Steinen verschossen hatten, verschwanden sie.

Es war ein paar Minuten still. Dann kam ein neuer Angriff. Diesmal waren sie mit langen Stöcken bewaffnet. Wollten sie etwa wild auf die Blechwände trommeln? Dazu mussten sie nah herankommen. Ich konnte nun von meiner Luke aus die Kinder ganz deutlich vor mir sehen. Ich konnte ihre leuchtenden Gesichter beobachten. Wie schön doch Kinder in ihrer Kampfeslust sind. Besonders war ich von dem kleinen, etwa fünfjährigen Mädchen entzückt, das am wildesten sein Stöckchen schwang. Ich hörte ihren Namen rufen. Sie also war das *Bäumchen*. Mir fiel auf, dass der Junge mit den schwarzen Haaren, Carlito, nicht bei diesem Angriff zu sehen war. Er wird doch nicht etwa? Nein, er wird es nicht wagen, mir auf das Dach zu steigen! Er wagte es. Über mir krachten Donnerschläge.

Carlito sprang wie ein Paukenstock auf dem dröhnenden Blechdach herum.
„Das geht doch wohl etwas zu weit", dachte ich. Ein Junge, dem ich Angst einjagen sollte, hüpfte mir auf dem Kopf herum. Ich musste nun doch meiner Arbeit als Kinderschreck nachgehen. Ich sprang aus der Tür und trommelte mir wie ein Oberaffe die Brust, brüllte, grunzte und drohte mit den Fäusten. Carlito verschwand vom Dach, die anderen Kinder warfen ihre Stöcke fort, machten kehrt und rannten davon. Nur die Kleine, das Bäumchen, rannte nicht. Sie hockte sich hin und quiekte:
„Ich sitze hier
und schneide Speck,
und wenn du kommst,
dann bin ich weg!"
Und mit „Bäh-bäh-bäh!" flitzte sie zu den anderen.

Bis zum nächsten Angriff musste ich lange warten. Endlich kamen die Kinder. Sie hatten sich etwas Neues ausgedacht. Sie warfen nicht mit Steinen, sie fuchtelten nicht mit Stöcken, sie griffen mit einer Art Kriegsgesang an. Sie schritten eng beieinander auf den „Kopfstand" zu und riefen Sprüche. Sie machten das gut, sie hatten geübt. Die feste Hand Mirandas war zu erkennen.
„Mädchenmanscher,
Blutklumpenschlucker!"
Sie kannten also das Kinderbuch *Sophiechen und der Riese* von Roald Dahl. Dann wurde auch noch gereimt.
„Menschenfresser – Bettnässer" und auch „Riesenpickel – Pumpernickel!"
Ich hatte mir auch etwas Neues ausgedacht. Ich kam ganz

leise, ganz krumm und schleichend aus der Hütte. In den Fäusten hielt ich Messer und Gabel.

„Feiner Braten!“, rief ich, leckte mir die Lippen und schmatzte. „Zarte Kinderlein, knusprig geschmort, goldgelb paniert, da geht nichts drüber.“

Und ich hüpfte wie ein etwas zu groß geratenes Rumpelstilzchen und sang dabei.

„Heute back ich,
morgen brau ich,
Übermorgen brate ich ein Kind …“

Das machte doch einigen Eindruck, bei aller Bescheidenheit.

„Haha, gute Arbeit“, sagte ich zu mir, als die Kinder rannten.

Nur das Bäumchen wollte trotz meiner guten Arbeit nicht fliehen. Sie musste weggezogen werden. Dabei drehte sie sich zornig nach mir um und nannte mich „Zotteltrottel!“

Noch aus der Ferne hörte ich sie rufen: „Glatzenrüpel – Pferdeschniepel!“ Damit hätte sie wohl auch das Herz eines echten Kinderschrecks erobert.

Ich schrieb in mein Notizbuch:

Miranda – Chefin, Jüngling Carlito – still, aber nicht schwach, Elle Endstelle – komischer kleiner Freund, Anna-Mu und das Bäumchen – Geschwister, heißen vielleicht mit Familiennamen „Baum“.

Der Name „Bäumchen“ war doppelt unterstrichen.

10. Kapitel
Hohe Schule der Niedertracht

Rose und Glüh kamen, um mich zur ehrwürdigen Tok-Tok zu begleiten. Die alte Dame saß auf ihrer Bank und fütterte wie stets ihre Vögel.

„Nun, Kahler Baba, wie viel Schrecken hast du heute verbreitet?“, fragte Tok-Tok.

Ich erstattete Bericht und beschrieb ausführlich die Attacken auf meine Hütte.

„Du warst sicher sehr erschrocken, als dir der Junge auf dem Kopf herumtanzte“, fragte Tok-Tok und tat besorgt.

Nun war alle Beherrschung der Frauen nicht mehr möglich, sie lachten hemmungslos. Ein Lachanfall von drei so starken Frauen ist ein Naturereignis. Dem kann man nichts entgegensetzen, man kann da nur dastehen, grinsen und warten, bis er vorüber ist. Tok-Tok fasste sich als Erste, Rose und Glüh glucksten noch nach.

„Das ist nicht schrecklich, das ist Pfusch“, sagte Tok-Tok und seufzte. „Aber das geht auf mich. Lassen wir den Amateurkram, versuchen wir es mit Können.“

Und es begann meine gründliche Ausbildung auf dem Gebiet der Niedertracht.

„Brüllen und Grunzen“, sagte Tok-Tok, „kann jeder, das müssen wir nicht üben. Das sind gut gelaunte Äußerungen der Ungetüme aus den alten Zeiten. Heutige Bestien erkennt man an ihrem Lächeln. Wer wirklich abschrecken will, muss dieses Lächeln erlernen. Wir beginnen mit dem Einfachen, mit dem *falschen Lächeln*.“

Tok-Tok schlug eine Mappe auf, die neben ihr auf der

Bank bereitlag. Sie reichte mir einige zerknitterte, mit Laub verklebte Zeitungsfetzen. Die sahen ganz nach der Mülldekoration vom Eingangsbereich aus. Auf den bunten Blättern waren die üblichen Zeitungsgesichter, also wichtige Leute, die stehend oder sitzend in Kameras lächelten. Tok-Tok hatte rote Kreise um die Münder der gummiartigen Lackgesichter gezogen. Ich sah genauer hin und erkannte nichts. Tok-Tok deutete auf die Linien zwischen den Mundwinkeln und den Augen.
„Siehst du? Genau hier hört das Lächeln auf, es gelangt nicht hinauf bis zu den Augen. Wenn du all diese Fotos vergleichst, hast du schon das erste Merkmal des *falschen Lächelns*."
„Aber das ist doch nur für geschulte Blicke abstoßend."
„Ja, für geschulte Blicke und für Kinderaugen", sagte Tok-Tok. „Beginnen wir mit der Übung. Zieh die Mundwinkel hoch und lass die Augen kalt."
Ich zog die Mundwinkel hoch. Ich sah in Glühs Mondgesicht. Dort waren die Backen wie Ballons aufgepustet. Da blieben meine Augen nicht kalt.
Mein erster Unterricht im Fach *falsches Lächeln* war erfolglos. Auch begabtere Schüler hätten versagt. Wer drei solche Lehrerinnen vor sich hat, der kann beim besten Willen nicht falsch lächeln.
Dem *falschen Lächeln* folgte, schon etwas höher, die zweite Lektion: die *lauernde Tücke*. Die *lauernde Tücke* sagt etwa: „Ich bin zwar feige und eher ein Schleimer als ein Kämpfer, aber ich kann warten, und wenn du einen Fehler machst, dann erwische ich dich."
„Das kenne ich", warf Rose ein. „Der Wirt der ‚Endstelle' lächelt so."

Tok-Tok sah mich an wie ein Maler sein Modell. Fasste mir ins Gesicht, zog die Wange hoch, zog sie nach unten und schüttelte den Kopf.

„Die zweite Lektion wird übersprungen. Wir kommen gleich zur höchsten Form des bösen Lächelns. Dieses Lächeln heißt das *kleine Schwarze*."

Nun hoben sich die Augenbrauen der Lehrerin und die ganze Wucht der Lehrerinnenlust hatte sie gepackt.

„Ja, das *kleine Schwarze* vereint Bosheit mit Intelligenz, versüßt durch eine Prise Traurigkeit. Ganz hohe Schule!"

Unbewusst entglitt mein Gesicht und versuchte ohne meinen Willen, Bosheit mit Intelligenz zu mischen und fügte auch noch eine Prise süße Traurigkeit hinzu. Rose lachte auf, Glüh brüllte los: „Nicht intelligent, nicht böse, nur süß!"

Tok-Tok sah mich streng an.

„Was soll das? Was machst du da?"

„Er lächelt das *kleine Schwarze*", antwortet Glüh und füllte wieder die Backen im Mondgesicht.

Tok-Tok blieb ernst.

„Das ist Pfusch!", sagte sie streng. „Wisch die Tafel ab! Mach dein Gesicht sauber. Ich will auf sauberem Grund arbeiten."

Ich versuchte, mein Gesicht in einen sauberen Grund zu verwandeln. Das ist nicht einfach. Geht vor den Spiegel, Kinder, und versucht es mal. Man muss dabei denken: Mir ist alles Wurst, mich kann nichts berühren.

Nun, seid ihr endlich zurück? Ihr wart sehr lange weg. Ich vermute, ihr konntet euch nicht bremsen, ihr habt das *kleine Schwarze* probiert.

Also weiter. Obwohl ich Tok-Tok einen sauberen Grund anbot, gelang es ihr nicht, mit meinen Mundwinkeln und

Augen auf diesem Grund das *kleine Schwarze* zu formen. Sie verkniff sich aber die Bemerkung: „Das schaffst du nie." Sie suchte nach einem Vorbild. Sie suchte vergeblich in den schmutzigen Zeitungen, dort kam man über die *lauernde Tücke* nicht hinaus.

„Rose", sagte Tok-Tok ohne weitere Erklärung. Rose verstand sofort. Sie brauchte nur ein paar Sekunden, um sich zu konzentrieren und die Tafel abzuwischen. Dann lächelte die lieblichste Frau der Welt das *kleine Schwarze*. Funkelte Intelligenz und abgrundtiefe Bosheit, gesteigert durch eine Prise süße Traurigkeit. Das war glaubhaft, ohne Milderung durch Ironie. Ich erschrak. Ist das Schauspielkunst? Ist das ein Teil von ihr?

„Perfekt", sagte Tok-Tok begeistert. „Ich liebe es, wenn jemand sein Handwerkszeug beherrscht. Ich liebe es, wenn jemand etwas wirklich gut kann."

„Ich bin so glü..., ich bin so glücklich", sagte das große Glüh, „dass Rose nicht mein Feind ist." Sie war ebenso erschrocken wie ich.

Der Unterricht in schlechtem Benehmen, so Tok-Toks strenge Entscheidung, sollte trotz meiner Lernschwäche in den nächsten Tagen hartnäckig fortgesetzt werden. Das Schreckensmittel *falsches Lächeln* sollte ich jedoch noch nicht einsetzen, denn Kinder falsch anlächeln muss sehr lange geübt werden.

„Und hier die Hausaufgaben", sagte Tok-Tok und reichte mir ein reinliches Blatt. Auf dem Papier war eine Art Landkarte mit der Hand gezeichnet. Ich erkannte die Skizze des menschlichen Antlitzes. Nervenstränge, Muskeln, Blutgefäße um Mund und Augen waren mit fein gestrichelten Linien eingezeichnet und mit ihren lateinischen

und deutschen Namen beschriftet. Ein Muskel am Mund hieß tatsächlich *Grinsmuskel.*
„Lerne das auswendig“, befahl Tok-Tok. „Es lohnt sich, es ist die schönste Landschaft dieser Erde.“
Sie stieß zweimal mit dem Stock auf, und das hieß, ich war entlassen.
„Vielen Dank, ehrwürdige Tok-Tok!“
Ich stand auf, verneigte mich. Ich wollte mich entfernen, zögerte und drehte mich noch einmal um.
„Und im Guten? Kann man auch das richtige Lächeln erlernen?“
„Nein.“
„Warum nicht?“
„Weil unsere Mund- und Augenwinkel mit unsichtbaren Fädchen mit etwas Zukünftigem verbunden sind. Darüber wissen wir zu wenig.“
„Aber gibt es, ehrwürdige Tok-Tok, auch im richtigen Lächeln eine Rangfolge?“
„Ja, die gibt es“, antwortete zögernd die Lehrerin. Sie sah mich misstrauisch an. Sie fürchtete einen blöden Scherz.
„Und wenn dem so ist“, fragte ich weiter, „gibt es ein allerhöchstes Lächeln?“
„Ja, das gibt es“, sagte sie. „Das höchste Lächeln heißt: *Das hin und her nach oben springende Lächeln.*“
Wir sahen uns an und lächelten. Und unser Lächeln sprang hin und her und es sprang nach oben.
„Ach, Kahler Baba, stell dir nur mal vor, wie hoch so ein Lächeln springen könnte, wenn es auf Tausenden Gesichtern in die Höhe springt.“
„Ein schöner Traum.“
„Das gab es schon oft und wird es immer wieder geben.“

11. Kapitel
Nachtschicht mit Kupferspecht

In der Nacht hatte ich Streit mit Babarina. Ich wollte schlafen, sie aber legte die Schnauze auf meine Bettkante und fiepte. Sie bettelte um Futter. Sie war unersättlich. Ich wurde wütend und zwang sie zu etwas Abstand von meinem Bett und verbot ihr das Fiepen. Sie hielt Abstand und schwieg auch gehorsam, doch ich fühlte ihren bohrenden Blick durch meine geschlossenen Augenlider.

„Du guckst", rief ich. Und da log sie auch noch, schloss schnell die Augen und tat, als schliefe sie im Sitzen. So ging das ein paar Mal. Ich gab auf, nahm meinen Strohsack und schleppte ihn aus der Blechhütte.

Abrollcontainer haben eine Stahlleiter am hinteren Giebel festgeschweißt. Ich konnte also leicht auf- und absteigen und das Dach nutzen, wenn es mir innen zu eng wurde. Abrollcontainer haben zum Abrollen am Boden zwei Schienen und zwei Walzen. Also waren Schienen und Walzen, jetzt im Kopfstand, oben auf dem Dach. Der Strohsack passte genau zwischen die Schienen und fand sicheren Halt. Da lag ich nun, knisterndes Stroh unterm Rücken, die Hände auf dem vollen Bauch, unter einem herrlichen Sternenhimmel. Ich suchte den Himmel nach Sternen ab, deren Namen ich mir vor langer Zeit eingeprägt hatte. Nur wenige der voll klingenden Worte waren mir im Gedächtnis geblieben. Der Schulterstern des Orion, das war doch so ein Glockenspiel der schönen Laute. Wie hieß er doch gleich? Ja, *Beteigeuze*! Und daneben gab's den *Aldebaran,* der war das Auge im Sternbild des Stiers.

„Beteigeuze! Aldebaran!“, sagte ich ein paarmal genüsslich hinauf in den Sternenhimmel.
„Kenn ich! Geuze und Aldamann! Fußballer!“, krächzte eine unangenehme Stimme zu meinen Füßen. „Oder waren das Schauspieler? Jedenfalls berühmte Leute, der Geuze und der Aldamann.“
Ein Kopf mit einem Haarbüschel wie ein Vogelschnabel und ein schmaler Oberkörper schoben sich an der Leiter zu mir aufs Dach. Der Kerl mit der unangenehmen Stimme wollte höherklettern. Ich sprang auf, schüttelte zornig mein Haupt und ließ die langen Zotteln um die Glatze wirbeln. Ich grunzte wie ein Wildschwein. Der Kerl rutschte drei Sprossen tiefer.
„Schon gut“, stammelte er. „Ich bin es doch nur, der Kupferspecht. Ich schleiche nachts ein wenig herum und klopfe an Leitungen, Rohre und Kessel. Ich suche Kupferzeug, Blei und Messing in den Trümmern. Darum heiße ich Kupferspecht.“
Da geschah etwas äußerst Überraschendes. Ich war gar kein so unbegabter Schüler. Ich lächelte. Und ich lächelte falscher als mein Lehrmaterial. Nur die Mundwinkel hatte ich hochgezogen und die Augen blieben kühl und misstrauisch. Das Mondlicht verstärkte die abstoßende Wirkung meiner Visage, und die ölige Glatze strahlte erhaben. Der Kopf tauchte unter die Dachkante.
„Ich, gut Freund“, wisperte es ängstlich von unten. „Ich, ganz braves Mann.“ Der Kopf tauchte vorsichtig wieder auf, aber nur so weit, dass die Augen über den Dachrand schielen konnten.
„Ich böses Mann! Ich bin der Kahle Baba!“
„Und ein großes Mann bist du auch. Ein starkes Riese ist

der Kahle Baba und der Kupferspecht ist nur ein schwaches Zwerg."
Ich grunzte zustimmend.
„Kann böses Mann arbeiten?"
„Kahler Baba, starker Baba!", sagte ich und zeigte grimmig auf meine Muskeln. „Nur ein Baba, stark wie zwei."
„Gut. Kahler Baba tragen schwere Rohre. Kupferspecht geben schweres Geld."
Ich hielt meine Hand hin.
„Erst trage, trage mache."
Ich drohte mit der Faust.
„Kahler Baba nicht hauen lieben Kupferspecht. Kahler Baba muss hauen dickes Frau. Knick-knack machen, Besen zerbrechen."
Ich tat, als müsse ich mir das gründlich überlegen. Ich hob unentschlossen die Schultern. Ich machte dem Kupferspecht ein Zeichen, dass er verschwinden solle.
„Na, warte, du Volltrottel, dich kriege ich schon noch", murmelte der Gauner und stieg die Eisenleiter hinab.
Kurz darauf kam er zurück, nicht der ganze Kerl, nur seine Hand. In der Hand schwenkte er eine Flasche. Die Flasche glitzerte im Mondschein. Seine Stimme flötete von unten: „Guter Schnaps, scharfer Schnaps, haut rein!"
Mit scharfem Schnaps kann man Fellschäden der Hunde heilen. Tief in der Haut hocken die Parasiten, die Milben. Wenn man den Alkohol energisch ein paarmal am Tag kräftig in die Haut reibt, dann besiegt man den Milbenbefall. Ich starrte gierig auf die Flasche und schnalzte genüsslich mit der Zunge.
„Ein Obstler, echter Mirabellengeist", flötete der Specht. „Baba schleppen Rohre. Specht zahlen mit Schnaps."

Ich griff nach der Flasche, der Kupferspecht lachte triumphierend.

Ein Schrottdieb und ein Kinderschreck schlichen im Mondschein durchs Dornen-Labyrinth. Sie schlichen zu kleinen Verstecken, in denen Rohre, Bleche und Kabel gehortet lagen.
„Schätze sind das, Kahler Baba", flüsterte der Dieb. „Eine Schatzinsel ist die alte Fabrik. Das bare Geld liegt hier unter unseren Füßen."
Er hob eines der Rohre an, um das Gewicht zu prüfen.
„Kupfer! Viervierzig das Kilo. Das hier sind mindestens zehn Kilo." Er schnalzte mit der Zunge. „Und das hier ist Blei. Man denkt Blei, oho! Doch Blei ist nur ein Viertel wert, einszehn das Kilo. Und trotzdem, man hebt es auf und es bringt Geld. Schätze, sage ich dir."
Ich grunzte und wollte zufassen.
„Später", sagte der Specht. „Später holen wir das Zeug und karren es zum Tor. Zuerst aber ... nun ja ... müssen wir noch etwas erledigen."
Er sah mich prüfend an.
„Bist du mutig?"
„Grunz, grunz?"
„Wir müssen meine gute Karre holen."
Ich grunzte noch immer fragend.
„Ach, du Trottel, wie soll ich dir das erklären. Komm, ich führe dich hin. Dann erzähle ich dir alles."
Wir schlichen über den Klinkerberg, den ich schon von Weitem kannte. Dahinter, vom Betriebsbahnhof und auch vom „Kopfstand" aus nicht zu sehen, ragten zwischen Mauerresten massive Sockel empor. Auf diesen Quadern

ruhten gewölbte Stahlträger. Das waren die Reste einer Fabrikhalle. Man ahnte, dass diese Halle ein Prachtbau gewesen war. Vom gewölbten Glasdach hatten sich nur die Stahlträger gehalten.
„Das sind Brücken“, flüsterte Specht und zeigte auf die mächtigen Stahlbögen. „Das sind Brücken ins Jenseits.“
Das sagte der Dieb in vollem Ernst und fügte auch noch flüsternd hinzu: „Ich nenne diese Ruine *Palast der Geister*.“
Wenige Schritte vor einer Mauerlücke, die ins Innere des *Geisterpalastes* führte, blieb der Kupferspecht stehen.
„Setz dich!“
Ich setzte mich auf ein vermoostes Stück Trümmer.
„Glatzenbaba, höre mir zu. Du bist zwar invenyl …“
„Infantil“, knurrte ich.
„Dummkopf, ein Infantil ist ein Verschluss an einem Wasserrohr. Du aber bist invenyl! So sagt man wissenschaftlich zu den Idioten. Invenyl, das bedeutet, du hast im Kopf eine gesprungene Schallplatte. Darum springt die Nadel hin und her und du kannst nicht zusammenhängend denken. Du denkst also nur invenyl.“
Ich knurrte. Er stöhnte.
„Alle verstehen Geschichten, sogar die Invenylen. Darum höre mir gut zu.“
Und der Kupferspecht erzählte eine Geistergeschichte. Er erzählte vom Eisenkönig Pross, der mit Zahnkranz auf dem Kopf sein Königreich, die Eisenwerke „Pross und Co“, regierte. Er erzählte, wie mächtig und reich der König Pross war, wie weise er herrschte und wie er dann jämmerlich zugrunde ging. Denn als die Eisenzeit vorbei war, hatte der Co den Pross betrogen und sich mit der Kasse davongemacht. Der Co passte sich der neuen Zeit

an und kaufte sich eine Süßwarenfabrik. Er färbte zigtausende Tonnen Zucker, mischte ein paar Zentner Aromapulver hinein und umwickelte den klebrigen Brei mit Glitzerpapier. Dieses Zeug verkaufte er dann den Kindern. Der Gewinn übertraf bei Weitem den Gewinn der Eisenwerke. Der verarmte Pross aber starb vor Kummer und wandelte nun als Geist, immer noch mit dem Zahnrad als Krone, aber nun natürlich mit einem verrosteten Zahnrad, hier in der Ruine.

„Auf einer dieser Brücken habe ich ihn gesehen, wie er aus dem Jenseits herüberwandelte mit seiner rostigen Krone auf dem Kopf. Er schlurfte im Hemd bis zur Mitte der Wölbung so einer Akazie ..."

„Arkade", knurrte ich.

„Nein, nein, du bist eben doch ein Idiot. Arkaden sind Klamottenläden, die dicht aneinander kleben. Schöne Bögen auf Sockeln aber heißen Akazien. Über so eine Akazie, also einen gebogenen Eisenträger, schlurfte der Geist vom Pross und schwebte dann herunter in die Halle. Dort lief er auf und ab und jammerte: ‚Huhu! Huhu!' Diese Augen haben ihn gesehen und diese Ohren haben ihn gehört."

Sage mir, Muse, warum hast du diesen Gauner geküsst? Er ist ein Schuft, ein Betrüger, ein Dieb – durch und durch ein Lump. Doch kaum öffnet er den Mund, da hängt man an seinen Lippen. Das ist nicht gerecht. Mit Leichtigkeit übertrifft er mich und die meisten meiner Kollegen. Der hohe Ton, der Zugriff, die Pointen, der nach oben reißende Schluss seiner Geschichten, alles stimmt. Kristalle sind seine Geschichten, kein Wort zu viel. Er spricht mit den großen Kräften der Welt, als wären sie seine Gaunerkumpel. Alles was ich anstrebe und nicht erreiche, macht er

mit links. Muse, du bist eine Gans. Mich sollst du küssen, dumme Kuh! Ich bin doch der Berufsschriftsteller. – Nun, die Göttliche hörte nicht auf mich, sie lachte mich aus, und aus Trotz küsste sie den Gauner noch einmal.
„Aber es kommt noch schlimmer“, fuhr der Kupferspecht fort. „Ich hatte in der Halle einen Schatz entdeckt, eine mit Dreck verkrustete Schalttafel. Ich kratzte ein wenig, da glitzerte es und es lachte mich an. Bronze und reines Kupfer, Kippschalter, Handräder, Schieber ... Ich jubilierte und hackte drauflos, wie halt ein Specht hackt.
Da, plötzlich, hörte ich ein vertrautes gedämpftes Klingeln. ‚Limelimelim!‘ Es klingelte ein Telefon wie in alten Filmen. Ich blieb stehen und lauschte. Es klingelte hartnäckig. Ich legte mein Werkzeug in die Karre und ging in die Richtung des Gebimmels. Ich fand an der Fabrikwand einen Kasten, dick mit Staub bedeckt. ‚Limelimelim!‘ Es rieselten Flöckchen von der Kiste. Ich wühlte mit der Hand im Staub und ergriff doch tatsächlich einen Telefonhörer, so ein altmodisches Ding mit einer Knolle oben und einer Knolle unten. Das Klingeln hörte auf und ich hielt die obere Knolle ans Ohr.
‚Hallo?‘
‚Hallo.‘
‚Hallo, wer ist da?‘
‚Das weiß man doch.‘
‚Ich weiß es nicht.‘
‚Bist du neu?‘
‚Ich kam gerade hier an.‘
‚Was heißt hier *kam*?‘
‚Ich kam mit der Karre.‘
‚Auf deinen Beinen?‘

‚Ja.'
‚Warum bist du nicht geflogen?'
‚Warum sollte ich fliegen?'
‚Weil sich das so gehört.'
‚Laufen gehört sich.'
‚Nur die Lebenden laufen.'
‚Ich bin gelaufen.'
‚Du lebst?'
‚Ich lebe.'
‚Du bist nicht tot?'
‚Nein.'
‚Wer bist du?'
‚Ich bin der Kupferspecht.'
‚Der lebendige Kupferspecht?'
‚Der lebendige Kupferspecht.'
‚Ein lebendiger Kupferspecht ist nicht berechtigt, mit mir zu telefonieren.'
‚Ich kann doch nichts dafür, dass ich lebe?'
‚Nun, das lässt sich ändern. Nach der Änderung bist du berechtigt, mit mir zu telefonieren.'
Es wurde aufgelegt. Und schon stürzten sich mit ‚Hihihihie!' die Geister auf mich. Ich spürte Windstöße im Gesicht, aber nichts war zu sehen. Ich ließ den Hörer fallen und ließ auch die gute Schubkarre stehen und rannte davon. Neben mir kicherten die Geister. ‚Hihihihie!' Sie verfolgten mich bis zu der Mauerlücke dort. Ich schlüpfte hindurch und war gerettet. Außerhalb des Palastes scheinen sie nicht herumzufliegen. Innen aber tobten sie noch herum. Ich hörte ihr grausiges ‚Hihihihie!', und ich sah die Bergseile, die dort an dem mittleren Bogen hängen, heftig schaukeln, obwohl kein Windchen wehte. Da bin ich wohl

gerade noch einmal davongekommen. Nur meine gute Karre nicht, und was für eine gute Karre."
Der Kupferspecht stand auf und klopfte mir auf meinen Schultern herum.
„Du, starker Baba, du mutiger Baba, du in den Palast gehen und gute Schubkarre holen. Geister lieben Idioten und tun ihnen nichts. Wenn du ‚Hihi!' hörst oder ‚Huhu!', dann fürchte dich nicht. Hole mir in aller Ruhe die Karre heraus. Dich mögen die Gespenster, mich mögen sie nicht. Ich bin ihnen nicht blöd genug."

Ein Pfad führte durch die Mauerlücke steil nach unten in den Palast. Ich glaube nicht an Zauberei und Geister, trotzdem war mir, als betrete ich einen verwunschenen Ort. Die gewaltigen Bögen über mir waren von Efeu, Knöterich und Wildem Wein umschlungen. An den Wänden, dort, wo sich Schuttberge schon zu Erde verwandelt hatten, standen Holunder-, Hagebutten- und Brombeerbüsche in voller Blüte. Die majestätische Größe der ganzen Anlage, der Blütenduft und das Mondlicht und noch etwas, das ich nicht nennen konnte, wirkten höchst wohltuend. Hier war eine ordnende Hand am Werke und vor allem ein guter Geist. Kein Moder, kein Müll, kein billiger Kleinkram war hier. Alles war karg, klar und großzügig. Was wir uns vorstellen, wenn wir in einem alten Buch lesen: Unter den Arkaden ..., so etwa war es hier.
Ich·erforschte, mehr tastend als sehend, diesen guten Ort. Ich fand die „gute Karre" des Kupferspechts. Sie war liebevoll in ein Kinderbett umgestaltet worden. Mit Kissen, Decken und Stofftieren und sogar einem duftigen Baldachin. Klar, es war das Himmelbettchen für die Kleine, die

„Bäumchen“ gerufen wurde und die so herrlich wild und mutig gegen mich gestürmt war. Keine Gespenster waren hier am Werke, das war ein Ort der Kinder. Die Kinder hatten ein Versteck gefunden, in dem sie sich ungestört einrichten konnten. Ungestört, weil der Kupferspecht mit seinen Geistergeschichten die Erwachsenen fernhielt.

Ich rührte die Karre nicht an. Später belog ich den Specht. „Geister haben gute Karre gefressen. Geister fressen gern Blechkarren. Knackt schön beim Kauen.“

Der Gauner sah mich misstrauisch an. Er glaubte an Geister, aber nicht an solch ungesunde Essgewohnheiten. Nun musste ich den Schrott, den der Dieb in kleinen Haufen gesammelt und in Büschen versteckt hatte, auf den Schultern zum Tor tragen. Erschöpft, aber mit einer Flasche Medizin für die räudige Hündin, kam ich um Mitternacht zurück in mein Hotel „Zum Kopfstand“.

12. Kapitel
Ich lüge und werde belogen

Beim Morgengespräch auf der Sperlingsbank erzählte ich Tok-Tok von meiner Nachtschicht mit dem Kupferspecht.

„Hat er von seinen Geistern erzählt?"

„Ja."

„Das interessiert mich."

„Er führte mich zu den Resten einer Halle mit eisernen Bögen ..."

„Die ehemalige Verzahnerei."

„Die Bögen aus Doppel-T-Trägern nannte der Specht *Brücken ins Jenseits*. Über diese Brücken kämen die Geister."

„Sehr gut. Jetzt langsam weiter und sehr genau. Hat er die Geister gesehen oder nur gehört?"

„Einen Geist hat er gesehen. Der hätte ein weißes Hemd an und eine Krone auf dem Kopf. Die Krone wäre ein rostiges Zahnrad."

„Der alte Eisenkönig Pross."

„Ja. So nannte der Specht die Gestalt."

„Über welche der Brücken kam der Pross im Hemde?"

„Über die, an der vier Bergsteigerseile hängen, weich und geschmeidig wie Lianen."

„Ja, weiß Bescheid. Weiter!"

„In der Mitte des Bogens wäre das Gespenst herabgeschwebt, hinunter in die Halle."

„Haben sich dabei die Seile bewegt?"

„Dabei noch nicht. Erst später."

„Weiter, der Reihe nach. Was hat der Pross in der Halle gemacht?"

„Er ist hin und her gelaufen und hat gejammert."
„Hat er dabei was gesagt?"
„‚Huhu! Huhu!' hätte er gesagt."
„‚Huhu! Huhu!' also. Und es waren keine Geister dabei, die ‚Hihi! Hihi!' gesagt haben?"
„Nein. ‚Hihi! Hihi!' haben die Geister später gesagt, als der Specht mit dem Jenseits telefonierte."
Ich erzählte Tok-Tok nun die Geschichte vom verstaubten Telefon und dem Angriff der Geister und der Flucht des Spechts. Als ich bei den schaukelnden Seilen angekommen war, zwang mich Tok-Tok zu genauer Wiederholung. Dann, nach langem Schweigen und Nachdenken sagte sie, Tok-Tok, eine kluge, nüchterne Frau, eine Wissenschaftlerin, sehr ernst: „Ein Geist hat also ‚Huhu! Huhu!' gemacht, viele Geister haben ‚Hihi! Hihi!' gemacht. Interessant."
Woher hatte ich plötzlich ein solch schlechtes Gewissen? Für sie, die hochverehrte Chefin, war alles wichtig, was hier auf dem Gelände geschah. Selbst die kleinste Spinnerei eines Diebes. Und ich, ihr vertraglich verbundener Mitarbeiter und dankbarer Schüler, habe den Kobold verheimlicht. Ich hüstelte verlegen und wollte beichten. Ich kam nicht dazu.
„Und was erzählte der Specht vom Kasimir?"
„Was für einem Kasimir?"
„Kasimir nennt er einen kleinen, schwarzen Mann, der nachts durch die Gegend spukt. Specht behauptet, dieser Kasimir wäre ein Kobold, der auch wie der Geist vom Pross über die Brücke aus dem Jenseits herüberkomme. Das wäre ein berühmter Kesselkobold, der für die Rohrleger etwas Ähnliches ist wie der Klabautermann für die Seeleute. Er, der Kesselkobold Kasimir, würde den Rohrlegern

Streiche spielen und die Werkzeuge klauen, heimlich Schieber öffnen und Anschlüsse vertauschen."
„Ach ja, ich erinnere mich", log ich. „Ich solle mich nicht fürchten, wenn ich einen schwarzen Wicht treffe im Geisterpalast, der wäre harmlos."
„Mehr nicht? Da hast du was verpasst. Kupferspechts Koboldgeschichten sind seine besten. Mit denen hat er den meisten Erfolg in der Kneipe. Was für ein begnadeter Erzähler."
Das gab mir einen Stich. Kein Schriftsteller hat es gern, wenn Berufskollegen von Menschen gelobt werden, die er sehr gern hat. Na warte, ehrwürdige Tok-Tok, vielleicht werde ich dir eines Tages sagen können, dass dieser Kasimir existiert und nicht über die Brücke aus dem Jenseits kommt.

13. Kapitel
Ein Habicht stürzt ins Lerchennest

Ich lag auf der Brücke ins Jenseits. Versteckt in den Kletterpflanzen, den Bauch auf den Eisenträger gepresst. Ich wartete auf die Kinder. Bei der Morgenbesprechung auf der Sperlingsbank hatte Tok-Tok gefordert, die Produktion von Schrecken zu steigern. Sie fragte uns nach dem Schrecklichsten, das wir im Alter so um die vierzehn Jahre erlebt hätten. Rose erzählte von Pickeln und Fieberträumen, ich erzählte von einem grausamen Lateinlehrer, Glüh schwieg.

„Und du, mein Glühwürmchen", fragte Tok-Tok, „dich konnte wohl nichts auf der Welt erschrecken?"

„Doch."

„Dann sprich."

„Kann nicht."

„Warum nicht?"

„Es ist viel zu schrecklich."

„Erzähle!"

„Na, gut", seufzte Glüh. „Ich hatte zwei Freundinnen. Wie hießen sie doch gleich? Aha, Sylli und Conny, ja, Sylvia Knarrfuß und Constanze ... Ach, vergessen ... Und einmal, nach der Schule, nahm ich Sylli und Conny mit zu mir nach Hause. Wir gingen die Treppe hinauf, meine Mutter rief etwas aus der Küche und ich rief zurück: ‚Schularbeiten!' Und, husch, in mein Zimmer und Tür zu. Und dann war es, wie es sein musste. Wir lagen auf dem Fußboden herum. Steppdecken und Kissen hatten wir aus dem Bett heruntergezogen. Wir sielten uns auf Jacken und Taschen und

Schulbüchern. Wir hörten schön laut unsere Lieblingsschnulzen, und unter uns knirschten behaglich die Kartoffelchips. Wir hatten die Beine an den Wänden und am Schrank hochgestreckt und sangen und plapperten. Wir säuselten Jungsnamen und lästerten über andere Mädchen. Wir wälzten uns also im puren Glück. Dann ging die Tür auf. Meine Mutter stand in der Tür. Sie machte ein Gesicht. Sie stellte das Radio leise und fing schweigend an aufzuräumen."

„Aufhören", rief Rose mit weit aufgerissenen Augen. „Das ist zu schrecklich."

„Hier, seht", flüsterte Glüh, „die Haare stehen mir vor Grauen heute noch zu Berge. Hier, seht die Gänsehaut."

„Genau das brauchen wir", rief Tok-Tok. „Genauso einen Schrecken muss der Kahle Baba herstellen. Wir wollen diese Art Schrecken *Ein Habicht stürzt ins Lerchennest* nennen. Das Nest der Kinder ist ihr Versteck in der Halle unter den Arkaden. Du, Baba, verbirgst dich dort, und wenn sie sich am geborgensten fühlen, wenn sie sich ganz sicher im Glück wälzen, stürzt du wie ein Habicht auf sie herab."

Das war der Auftrag. Nun lag ich also über dem Lerchennest und wartete. Um die Kinder schon von Weitem zu erspähen, richtete ich mich auf, kniete mich und streckte mich. Ich sah hinüber zum Eulenschlot, von dort führte der Trampelpfad heran. Es gab keine anderen Möglichkeiten, sich den Arkaden zu nähern. Da gab es nur einen Dornenwald vor dem Bahndamm und auf der anderen Seite den Sumpf. Der Sumpf war nicht weit. Gleich hinter dem Schilf begann die schwarze Fläche, übersprenkelt mit Flecken und Pünktchen, die sich munter bewegten. Es waren Wasservögel: Wildgänse und Enten, Möwen und Bekassi-

nen, Blässhühner und Schnepfen schwammen, tauchten, flatterten und kreischten umher.
Aber was war denn das für ein Ding? Mitten im Sumpf, mitten im Gewimmel des Federviehs, von meinem hohen Posten deutlich zu erkennen, erhob sich ein seltsames Gebilde. Ein eiserner Arm mit einer Schaufelhand hielt einen Erdhügel hoch über das Wasser. Und auf dem Erdhügel wuchsen Büsche und kleine Bäume. Es musste also vor langer Zeit ein riesiger Bagger mit einer Ladung Erde auf der Schaufel im Sumpf unrettbar eingesunken sein. Räder, Motor und Führerhaus waren in Morast und Wasser untergetaucht. Nur der ausgestreckte Eisenarm mit der nach oben geöffneten Pranke hielt trotzig den Erdhügel mit seinem kleinen Wald hoch über den Sumpf. Diese seltsame Insel fesselte meine Aufmerksamkeit. Ich konnte die Augen nicht von ihr lösen. Das Grün auf dem Erdhügel wirkte so leicht und freundlich, dass es einer grünen Wolke glich. Die Baggerschaufel auf dem Eisenarm glich so sehr einer nach oben geöffneten Hand, dass ich das wundersame Gebilde *Grüne Wolke auf offener Hand* nannte. Ich war glücklich aufgeregt, in mir summte der Gesang:

Drei schöne Frauen
bergen ein wunderbares Geheimnis,
nach dem ich nicht fragen darf.

Geduld, Geduld! Schritt für Schritt! Ich darf nicht fragen, aber ich darf meine Augen aufmachen. Und diese Augen haben die *Grüne Wolke auf offener Hand* entdeckt. Ich werde die *Grüne Wolke auf offener Hand* drei Mal unterstrichen in meine Skizze eintragen.

„Beeilt euch!“, hörte ich plötzlich unter mir Mirandas Stimme. „Bäumchen hat gegähnt, schon zwei Mal.“
Mit der *grünen Wolke* beschäftigt, hatte ich das Kommen der Kinder verpasst. Ich warf mich flach auf den Eisenträger, um mich dort in den Schlingpflanzen zu verbergen. Genau unter meinem Versteck versammelte sich die kleine Kinderschar. Ich konnte jede ihrer Bewegungen gut beobachten. Ich wollte geduldig warten, bis der Augenblick ihres größten Behagens gekommen war, bis sie tief in ihr Kinderglück versunken waren. Dann wollte ich den Habicht spielen, der in ein Lerchennest stürzt, und mich an den vier Seilen hinunterhangeln.
Die Kinder umringten besorgt das Bäumchen. War das Bäumchen krank, war es gefallen, hatte es sich an den Dornen verletzt? Ich konnte nichts erkennen.
„Sag, mein Bäumchen, wer ist heute dran?“, fragte Miranda zärtlich.
„Rosa Zwerg.“
„Endstelle, hast du etwa den Rosa Zwerg vergessen?“
„Hier ist er, aber er ist noch feucht. Ich habe ihn gewaschen.“
Elle Endstelle holte aus der Hosentasche ein rosa Wollknäuel heraus. Er strich darüber und zog es in die Länge und ich erkannte ein gestricktes Püppchen mit Zipfelmütze, stark mitgenommen.
„Macht nichts“, sagte Miranda. „Das dampft sich weg.“
Miranda umhüllte den Rosa Zwerg mit beiden Händen und überreichte ihn wie eine Kostbarkeit dem Bäumchen. Das Kind drückte den Zwerg an sein Gesicht.
„Er riecht blöd“, sagte Bäumchen. „Er riecht wie Badezimmer. Er riecht nicht mehr nach Rosa Zwerg.“

„Er hat doch schon gemuffelt."
„Ich will, dass er muffelt."
„Bald muffelt er wieder."
„Dann ist er erst wieder dran, wenn er richtig gut muffelt."
„Rapunzel?", fragte Miranda. Sie hielt dem Bäumchen eine stark ramponierte Puppe mit strohigem Zopf entgegen. „Die war lange nicht dran."
„Nein. Ihre blöden Haare kitzeln."
„Socke Dummhase?"
„Der dumme Hase kratzt."
„Wir wickeln ihn in Carlitos Hemd."
„Na, meinetwegen."
Carlito hatte die Karre aus dem Versteck geholt und genau unter die vier Kletterseile gestellt, die an meinem Stahlträger wie Lianen baumelten. Die Karabinerhaken schnappten an den vier Ecken der Blechkarre ein. Knapp über dem Zementboden schwebte nun das Himmelbett. Bäumchen wollte unbedingt ohne fremde Hilfe hineinklettern. Dort wurde sie sorgsam von Miranda zugedeckt.
Alles war vertrautes Ritual. Carlito zog das Hemd über den Kopf, Miranda gab ihm ihre Jacke. Das Hemd wurde sorgsam um den Dummhasen gewickelt und neben Bäumchens Kopf geschoben. Der Dummhase war eine grobe Männersocke mit einem gestickten Hasengesicht in der Ferse.
„Willst du erst gewirbelt werden oder sollen wir gleich schwingen?"
„Gleich schwingen."
Am Kopfende der schaukelnden Wiege standen Miranda und Carlito, am Fußende standen Anna-Mu und Elle Endstelle. Sie stießen sanft das schwingende Lager hin und her. Dabei summten sie. Die gepolsterte und geschmückte

Schubkarre schaukelte an den vier Seilen, genau unter mir. Bäumchen lag auf der Seite und starrte mit weit geöffneten Augen und zornig zusammengezogenen Augenbrauen vor sich hin. Langsam steigerten die Kinder das Summen und Worte wurden gesungen.

„Auf der Mauer,
auf der Lauer,
sitzt 'ne kleine Wanze.
Seht euch mal die Wanze an,
wie die Wanze tanzen kann …"

War ich entdeckt? Wurde ich schon wieder verspottet? Nein, keiner sah zu mir hinauf.
„Ich will die Wanze nicht!", schimpfte Bäumchen. „Das blöde Vieh soll sich den Hals brechen auf seiner Mauer. Ich will was anderes. Ich will was Liebes. Ich will den Seemann, der ihr Herz gewann."
Die Kinder, ohne ihre beruhigenden, schläfrigen Stimmen zu heben, änderten ihren Gesang:

„Es war kein armer Mann,
es war kein reicher Mann,
es war ein Seemann,
der ihr Herz gewann …"

„Hatte der Seemann schwarze Haare?"
„Natürlich. Alle Seeleute haben schwarze Haare."
„So schwarz wie Carlitos Haare?"
„Genauso schwarz."
Bäumchen rollte sich zur anderen Seite, zog die Knie an,

umklammerte den Dummhasen in Carlitos Hemd. Das Bett schaukelte, die Kinder sangen und Bäumchen schlief ein.
Warum nur waren die Kinder in diesem Augenblick so erleichtert und glücklich? Es ist doch nichts Besonderes, wenn Fünfjährige in ihren Mittagsschlaf sinken?
Und ob es beim Bäumchen etwas Besonderes war! Viel später erfuhr ich die Besonderheit. Um Bäumchens Schlaf musste man lange kämpfen. Bäumchen wehrte sich störrisch gegen den Schlaf.
„Ist doch ganz einfach“, erklärte ihre Schwester Anna-Mu das Problem. „Unsere Eltern streiten sich immer. Bäumchen heult, wenn sich die Alten streiten. Darum warten Mama und Papa mit ihrem Streit, bis Bäumchen eingeschlafen ist. Bäumchen hat es trotzdem mitgekriegt. Und weil sie eine Höllenangst vor dem Streit der Eltern hat, will sie nicht mehr schlafen. Und das besonders mittags. Schläft sie aber nicht, dann kann man sie nicht aushalten, dann jammert sie nur herum und ist giftig wie eine Kröte, sie macht alles mutwillig kaputt und beißt sogar.“
Fachleute könnten es kaum besser erklären.
Bäumchen also schlief. Anna-Mu und Miranda verständigten sich mit einem Blick und entfernten sich. An der Hallenwand stand ein mannshoher Blechkasten verdeckt durch eine verschlissene Regenplane. Die Mädchen zogen die Plane zur Seite. Der Blechkasten war die Schalttafel, die der Kupferspecht plündern wollte. Die Kinder hatten sie gereinigt, sogar poliert. Es funkelten Armaturen, Schalter, Zifferblätter ... Davor standen ein Autositz und ein Zahnarztstuhl. Das war eine traumhafte Kommandobrücke für ein Raumschiff oder ein U-Boot. Für die Mädchen

war es ein utopisches Fahrzeug, das sie „Maulwurf“ nannten. Es konnte sich unter die Erde wühlen, durch Felsen bohren, rätselhafte Höhlen ansteuern ...
Meine Gedanken schwebten wie der Geist des Eisenkönigs von der Brücke herab in diese Kinderwelt. Ich war ganz dabei. Auch ich war geborgen von der Freundlichkeit, der Sorge und von dem Gesang. Der ganze Eulengrund schien mit Musik gefüllt.
So summte leicht die Zeit. Bäumchen schreckte ein paarmal auf, blickte sich ängstlich um, wurde aber von den Liedern und dem Schwingen beruhigt. Sie sank zurück aufs Kissen, umklammerte Carlitos Hemd mit der Socke, murmelte etwas und schlief wieder. Die Mädchen lösten wortlos die Jungen an der Wiege ab. Die Jungen setzten sich in den Zahnarztsessel und in den Autositz und starteten zu ihren Fantasiereisen. Nach einer guten Stunde kletterte Bäumchen ausgeruht aus der Karre. Sie hatte an einem durchsonnten Ort eine eigene Spielecke. Dort warteten schon der Rosa Zwerg und die Puppe Rapunzel auf sie. Bäumchen setzte den Dummhasen daneben, gab dieser Gesellschaft strenge Befehle und legte, genau wie auf dem Mädchenstein, sonderbare Muster aus Kieselsteinen vor sich hin.
Die Jungen holten einen Fußball aus einem Versteck und schossen zwischen zwei mit Stöcken markierten Toren hin und her.
„Toooor! Zweihundertachtunddreißig zu Dreihundertzwölf ...“
Es war also ein Endloswettkampf.
„Toooor!“
„Niemals! Das war Pfosten ...“

„Wie schön der Mensch ist. Wunderbare neue Welt“, dachte ich und legte den Kopf auf die Arme. Die Abendsonne wärmte mir wohlig den Rücken. Kein Gedanke an meinen Auftrag war möglich. Ich schlief auf dem schmalen Lager ein, zwischen Himmel und Erde, dem Himmel näher als dem Beton des Hallenbodens.

14. Kapitel
Koboldjagd

Als ich erwachte, war es dunkel. Die Kinder waren verschwunden. Vom Sumpf her kam das Nachtkonzert der Frösche.

„Klack! Klack!“

Unmittelbar neben mir berührte ein Metall ein anderes Metall, als drehte sich ein Schlüssel im Schloss, als schnappte die Stahlfeder eines Deckels in eine Halterung. Ich hob nicht den Kopf, ich drehte ihn nur zur Seite. Auf dem Stahlbogen neben mir, etwa drei Meter entfernt, auf gleicher Höhe, bewegte sich etwas. Der Umriss war durch die Schlingpflanzen undeutlich. „Ein Waschbär wird wohl nach Vogelnestern suchen“, dachte ich. Nein, es war größer als ein Waschbär. Vielleicht habe ich vor Aufregung etwas heftiger geatmet, ich wurde entdeckt. Alle Bewegungen auf dem Nachbarträger erstarrten. Ein Es verharrte lauernd. Auch ich verharrte lauernd. Das Es neben mir schob langsam einen Kopf und Schultern aus dem Laub. Der Umriss war nun vor dem leuchtenden Nachthimmel deutlich zu erkennen. Es war der Kobold, der zu mir durch den Augenschlitz seiner Maske herüberstarrte. Ich richtete mich auf und kniete nun auf dem Träger. Der Kobold kniete auch. Unbeweglich starrten wir uns an. Dann fauchte der Kobold wie eine Katze zornig zu mir herüber. Und wie eine Katze huschte das kleine Wesen zwischen den Schlingpflanzen den Bogen herunter. Jagdlust packte mich, aber auch die Lust eines hochtrainierten Sportlers nach einer Herausforderung. Gebückt und nur ab und zu mit den Händen sichernd, hastete ich rückwärts auf dem schmalen Eisenpfad nach unten, stand auf dem hohen Sockel und starrte in das Dunkel der Halle. Ich sah einen Schatten mit eleganten Tanzsprüngen durch die Halle hin zu dem Mauerdurchbruch fliegen. Mit Muskeln bepackte Athleten können nicht ausdauernd laufen, aber sie können sprinten. Und ich sprintete hinter dem Wicht her. Außerhalb der Halle holte ich auf. Vom schmalen Weg konnte auch ein Kobold nicht abweichen. Links und rechts lagen die verrosteten Stacheldrahtrollen, verfilzt mit lebendigen Dornen. Der Weg führte zum Betriebsbahnhof. Auf halbem Wege zweigte ein Pfad zur Ruine des Heizwerkes mit dem Eulenschlot ab. Dort blieb ich stehen und lauschte, doch die Frösche überquakten alle feinen Geräusche. Ich betrachtete den Pfad zum Eulenschlot. Eine Dolde vom Holunder schaukelte heftig. Sie musste gerade zur Seite geschleudert worden sein. Ich bog in den gewundenen Pfad ein. Bald öffnete sich die Wildnis vor mir und ich hatte gute Sicht auf das zerbrochene Gemäuer mit dem Schornstein in der Mitte. Im Mondlicht sah ich den Kobold in eine kleine, runde Öffnung kriechen. Das schien ein Betonrohr zu sein. Das Rohr war so eng, dass ich nicht folgen konnte.

Lautlos richtete ich mich über diesem Mauseloch auf ein langes Warten ein. Ich formte tastend im scharfkantigen Geröll eine Art Sitzplatz. Ich sorgte auch für einen festen Grund unter meinen Füßen, sodass ich wie ein Katapult in die Höhe schnellen konnte, wenn der Kobold seine sichere Höhle verlassen sollte. Gründlich ausgeschlafen wie ich war, konnte ich sehr lange unbeweglich warten. Seit Ewigkeiten lauern Jäger und Räuber vor Höhleneingängen.

Dieser uralte Zustand ist höchst belebend und besiegt alle Gliederschmerzen und sogar die Ungeduld.
„Du Narr! Du Narr!“, quakte der fette Frosch in meinem vor sich hin dösenden Kopf. „Wo Gegenspieler von Format herausgefordert werden, dort ist ein Narr am falschen Platz. Finger weg vom Kasimir!“
Der aufdringliche fette Frosch spielte sich als Stimme der Vernunft auf. Ich wollte aber nicht auf ihn hören.
Nach etwa einer Stunde hörte ich ein feines Schleifgeräusch. Es näherte sich dem Ausgang. Ich hielt den Atem an. Der maskierte Kopf des Kobolds erschien in der Öffnung. Ich zwang mich zur Geduld. Ich wollte erst zupacken, wenn der ganze Kerl gut fassbar im Freien war.
Und ich fasste zu, das hatte ich ein halbes Leben lang trainiert. Nacken und Oberarm packen, schwer mein Gewicht auf den Gegner werfen. Schnell umgreifen, den Arm des Gegners nach oben an den Hals und den Kopf drücken und umklammern, Beine weit von mir strecken, um eine Rollbewegung zu verhindern. Diese Abfolge der Griffe war nicht nur geübt, sie war automatisiert. Die Muskeln arbeiteten ohne die Verzögerung beim Weg über das Gehirn. Wie ein Schraubstock hielt ich den kleinen Kerl an den Boden gepresst.
Ich bin Berufsringkämpfer, ich weiß, was ein anständiger Kampf ist. Kobolde kämpfen nicht anständig. Kobolde beißen, kratzen, spucken und ziehen an den Haaren. All das ist streng verboten! Es ist unter der Würde des ältesten Kampfsports der Welt. Und Ringkämpfer sind auch keine Boxer. Kobolde hingegen schlagen mit ihren harten, kleinen Fäusten dem Gegner in den Magen. Das Schändlichste aber ist ihre unerlaubte Beinarbeit. Sie tre-

ten überall hin, auch in streng verbotene Bereiche. Diese Halunken treten sogar ins Gesicht. Also, Kinder, solltet ihr je gegen Kobolde kämpfen, dann hofft nicht auf einen fairen Kampf.

Kobolde, so scheint es, haben auch eine ganz andere Anatomie. Das ist die einzige Erklärung, warum es dem Wicht gelang, sich aus meinem sicheren Klammergriff zu winden. Die Knochen, die Gelenke und sogar die Wirbelsäule, alles, was bei Menschen fest ist, war bei diesem Wesen elastisch, ja gummiartig. Das wütende kleine Ding wand sich, rollte sich zusammen und flutschte aus meinem Griff. Es schien auch keine Schmerzen zu kennen, denn wenn meine Pranke den Oberarm kurz über dem Ellenbogen umklammerte, dann stöhnten gewöhnlich meine Gegner. Der Kobold gab während des Kampfes keinen Schmerzenslaut von sich, nur sein Atem zischte und keuchte. Und woher hatte er diese Ausdauer? Nur hochtrainierte Kämpfer konnten so lange durchhalten. Wie ein wild gewordener Quirl wirbelte er unter meiner Last und dann flutschte er unter mir hervor und tauchte zurück in die Öffnung der Betonröhre. Da war ich wirklich wütend. Und blitzschnell fasste ich im letzten Moment seinen kleinen Fuß.

Da zeigte der Wicht seine ganze Bosheit. Mit dem anderen Fuß, zwar weich beschuht, aber mit rauer Sohle, begann er mein Gesicht zu bearbeiten. Ich konnte es ja nicht schützen, weil ich mit beiden Händen das Fußgelenk halten musste. Wenn die Kräfte ausgeglichen sind und auf der Kippe stehen, dann gibt es immer einen Knackpunkt. Den spürte ich. Sekunden entschieden nun über Sieg oder Versagen. Ein paar Sekunden länger durchhalten als der Gegner. Ich musste mich entscheiden: Opferte ich meine Nase, auf die emsig getreten wurde, oder opferte ich meine Beute? Ich entschied mich gegen die Nase und ließ den Fang, den ich gemacht hatte, nicht los. Die Tritte wurden schwächer. Dann gab mein Gegner auf, ohne Widerstand ließ er sich aus der Röhre ziehen.

„Ach, Baba, du bist ja so blöd“, stellte schwer atmend der Kobold fest. Der Kobold sprach mit Roses Stimme.

Rose musste mir nicht viel erklären. Ihre Aufgabe als Kobold lag klar auf der Hand. Die Technik zur Beobachtung des *Wunderbaren Geheimnisses* musste gewartet werden. Die Kassetten der Film- und Tonaufnahmen mussten gewechselt werden. Per Funk war es nicht möglich, denn alles, was an Daten durch die Luft fliegt, konnte abgefangen werden. So erfuhr ich auch, dass auf dem Eulenschlot Technik montiert war und dass Carlito und Elle Endstelle diese versteckten Kameras und Richtmikrofone fast entdeckt hätten.

Was ich viele Jahre ersehnt hatte, was ich so oft geträumt hatte, war endlich geschehen. Ich war der Liebe meines Lebens das erste Mal sehr nah. Ich hatte sie berührt, wir hatten uns sogar umschlungen. Nun ja, ich war nach dieser ersten körperlichen Begegnung mit meiner Liebsten etwas entstellt, die Nase blutete und vergrößerte sich knollenartig, ein Auge schwoll langsam zu und auf einer Wange fehlte mir etwas Haut.

Im „Kopfstand“ wurde ich von Rose liebevoll verarztet. So beherzt wie sie mich zugerichtet hatte, so beherzt wurde ich nun repariert.

Doch mitten in der zärtlichsten Fürsorge knallte sie mir

einen nassen, kalten Lappen, den sie mir gerade als Kühlung auf die Stirn legen wollte, kräftig ins Gesicht.
„Verschwinde!“, zischte sie zornig. „Verschwinde von diesem Gelände! Verschwinde aus meinem Leben.“
„Aber ...“
„Das ist Verrat!“
„Aber ...“
„Wenn wir Verwahrlosung vortäuschen, dann müssen wir bis in die tiefste Pore unserer Haut reinlich sein.“
„Aber ... Aber ich bin doch, so einigermaßen, reinlich“, stotterte ich.
„Du bist ein Säufer. Hier stinkt es wie in der finstersten Kneipe.“
Sie hatte sich von mir abgestoßen, ja angewidert aufgerichtet. Den Kopf zurückgeworfen, sog sie laut die Luft durch die Nase.
„Säufer können keine Säufer spielen. Das ist ein ehernes Gesetz.“
„Aber ...“
„Verschwinde, du Säufer, sonst prügelt dich Glüh mit ihrem Besen hinaus bis vor das Tor.“
Rose griff nach ihrer abgelegten Skimaske und nach ihrer Werkzeugtasche und wollte davonstürmen.
„Medizin“, rief ich. Rose blieb in der Tür stehen und sah über die Schulter zurück.
„Medizin für meinen Gast“, rief ich. „Ich habe einen Gast unter meinem Bett.“
Rose kehrte um, immer noch streng und misstrauisch. Sie sah unter mein Bett. Stand auf, holte die Laterne und kniete sich und sah gründlicher hin. Babarina knurrte.

„Ist doch guuut“, sagte Rose. „Reg dich nicht auf, Köter, der Krach ist vorbei. Beruhige dich.“
Rose richtete sich auf und sah mich ernst an.
„Der Hund hat eine Glatze, so groß und so rund wie deine Glatze.“
„Ja, sie hat die Räude. Ich habe versucht, sie zu behandeln. Aber sie ließ mich nicht heran.“
Ich erzählte Rose von meinen Versuchen, sie mit dem Mirabellengeist vom Kupferspecht einzureiben, und wie sie das nicht zuließ, und wie ich den Geist über sie schütten wollte. Die Hündin wäre geschickt immer wieder ausgewichen und darum rieche die ganze Hütte nach Pflaumenschnaps.
Rose sah mich erstaunt an.
„Diese Hündin braucht handfeste Hilfe und du hilfst nicht, weil sie sich ziert? Das verstehe ich nicht. Wenn ein Ersaufender ruft: ‚Ich fürchte mich vor deiner Rettung!‘, dann rettest du ihn nicht?“
Rose griff nach dem Brot, brach ein Stück ab und hielt es unter das Bett.
„Na, komm, Hund, komm vor.“
Tatsächlich kam die Hündin unter dem Bett hervor. Setzte sich in gespannter Haltung vor Rose hin und leckte sich die Schnauze.
„Und nun wollen wir mit der Behandlung beginnen. Baba, nimm die Flasche und ein Handtuch.“
Ohne zu zögern, warf sich Rose auf die Hündin, umklammerte sie so geschickt und kraftvoll, dass Babarina weder beißen noch fliehen konnte. Alles was Rose tat, das tat sie beherzt.
„Und jetzt reibe das Zeug tief in die Poren.“

Ich gehorchte, tränkte das Handtuch und rieb kräftig.
„Doch nicht so zimperlich!“, sagte Rose. „Derber! Noch derber! Das tut ihr nicht weh. Das tut ihr gut, das mildert ihr quälendes Jucken.“
Ich machte mir Sorgen. Würde die Hündin nicht sofort zuschnappen, wenn Rose ihren Fesselgriff löste? Würde die Hündin diese Behandlung nicht übel nehmen? Würde sie nun für immer die Menschen scheuen?
Das Gegenteil geschah. Babarina biss nicht, floh nicht, war nicht beleidigt. Sie schmiegte sich vertrauensvoll an Roses Knie. Rose führte nun das Rudel. Ich war abgesetzt.
„Weißt du was, Baba? Wir sollten sie Babarina nennen.“
„Gute Idee, da wäre ich nicht drauf gekommen.“
„Ihr solltet aber nicht zusammen in der Öffentlichkeit auftreten.“

15. Kapitel
Aller Liebreiz dieser Erde

„Kupferspecht sagt, der Kinderschreck ist invenyl“, sagte Elle Endstelle. „Er meint damit, dass der riesengroße Kerl eigentlich noch ein Kind ist.“

„Ja, das gibt es“, erklärte Carlito. „In der Entwicklung stehen geblieben ...“

„Kupferspecht sagt, dass der Kinderschreck nicht wirklich böse ist. Er ist nur dumm und faul. Er kann nicht schreiben und lesen und nur stammeln.“

„Ich habe da mal einen Film gesehen“, plapperte Anna-Mu, „von einem Irren, der hieß Buh. Die Kinder hatten Angst vor diesem Buh. Aber am Ende hat der Irre Buh die Kinder vor einem Mörder beschützt und hat den Mörder eigenhändig abgemurkst ...“

„Lasst mich ausreden“, unterbrach sie Elle. „Jetzt kommt das Wichtigste. Die Frauen aus dem Betriebsbahnhof halten ihn wie einen Sklaven. Er muss für sie Holz schleppen, er bekommt kaum zu essen, und er wird fast jeden Morgen von der dicken Glüh mit einem Stock verprügelt. Kupferspecht hat das mit eigenen Augen gesehen.“

„Das ist gemein“, rief Anna-Mu.

„Und wir sind es auch“, sagte Miranda. „Die prügeln ihn mit dem Stock, wir prügeln ihn mit Worten. *Bettnässer – Kinderfresser*, das ist nicht lustig.“

„Ein armer, geschundener Mensch“, sagte Anna-Mu. „Wir haben ihn *Mädchenmanscher* genannt. Ich schäme mich.“

„Wer am Boden liegt“, sagte Carlito, „den darf man nicht auch noch in den Bauch treten, dem muss man aufhelfen.“

„In jedem ist ganz tief drinnen was Gutes“, sagte nachdenklich Miranda. „Dort müssen wir ihn packen. Und ich weiß auch schon wie.“

Der Himmel war klar, die Laune war gut, und ich war schrecklich anzusehen. Blutige Wattepfropfen ragten aus den Löchern der geschwollenen Nase, auch die vom Wangenknochen entfernte Haut hatte mein Gesicht besser gestaltet, als es Maskenbildner des Theaters vermochten.
Zuerst hörte ich Gesang. Ich stutzte. Es war kein Spottgesang. Die Kinder sangen von Oliven, die gedeihen, von Zimt und Salbei, von einem Krieg, der vorbei sei. Dann sah ich sie. Sie hatten Blumenkränze im Haar und schritten feierlich mit vorgestreckten Händen singend daher. Auf den Händen lagen Gegenstände. Es waren Geschenke, die mir dargebracht wurden. Die großen Mädchen trugen Früchte und Speisen. Bäumchen trug auf ihren vorgestreckten Händen den kratzigen Dummhasen. Die Jungen trugen ihren kostbaren Fußball und eine kleine Schultafel. All das war lieblich und anmutig. Woher nur wussten sie davon? Wer hatte sie das gelehrt? Werden Kinder mit solchen wunderbaren Fähigkeiten geboren? Mir entgegen kam aller Liebreiz dieser Erde. Ich riss die Tür auf, ich sprang hervor und brüllte. Ich brüllte vor Verzweiflung.
Die geschmückten Kinder, eben noch in feierlicher Hingabe, standen einen Moment still. Gingen zögernd einige Schritte rückwärts. Dann warfen sie die Geschenke zur Seite und rannten davon. Ich stellte mich, vor Schmerz ganz krumm, vor die Tür.
Bei der Flucht fielen die Kränze von den Köpfen. Bäumchen wurde links und rechts gepackt und über den Boden

geschleift. Doch plötzlich erstarrten die Bewegungen der Kinder. Kurz sah es aus, als hätte ein Zauberschalter die Zeit angehalten. Dann quietschte das fünfjährige Mädchen, also Bäumchen, einen lang anhaltenden, hohen Ton. Vor den Kindern, auf dem schmalen Fluchtweg, stand *Das wirklich Böse unter der Sonne*, dort stand Cora X-Bein. Die Ziege, tückisch wie sie nun einmal war, hatte hinter einem Busch gelauert und war überraschend mit gesenkten Hörnern aufgetaucht. Die Lage der Kinder war aussichtslos. Zur Seite konnten sie nicht fliehen, Dornengebüsch, Schrott und Trümmer versperrten den Weg. Vor ihnen eine Ziege mit spitzen Hörnern und hinter ihnen ein riesiges Scheusal mit blutigen Pfropfen in der Nase. Die Köpfe der Kinder drehten hin und her. Schwere Entscheidung, Pest oder Cholera?

Das quietschende Bäumchen entschied sich als Erste. Sie kehrte um und rannte auf mich zu. Aus ihrem weit aufgerissenen Mündchen kamen die höchsten Töne. Ihre Schwester, Anna-Mu, stürzte mit vorgestreckten Armen hinter ihr her. Dann rannten alle in meine Richtung.

„In die Hütte! In die Hütte!", schrie Miranda. Cora X-Bein scharrte noch kurz mit dem Huf und verfolgte die Kinder mit gesenktem Kopf. Die drei Großen hatten die Kleine eingeholt. Das Bäumchen stolperte und stürzte. Die Ziege war schon ganz nahe. Carlito versuchte, Bäumchen auf den Arm zu nehmen, die aber schlug um sich und wollte sich nicht anfassen lassen. Miranda, wild entschlossen, stellte sich der Ziege entgegen, schützend vor Carlito. Carlito gelang es nicht, das strampelnde Bäumchen aufzuheben. Anna-Mu und Elle Endstelle rasten an mir vorbei in die Blechhütte.

Ich war ein Scheusal, doch meine mit Kraut bewachsenen Beulen waren echte Muskeln. Ich riss die Pfropfen aus der Nase, holte tief Luft und sprintete an den Kindern vorbei. Ich packte die Ziege an den Hörnern und drückte ihren Kopf auf die Erde. Was sollte ich aber nun mit dem bösen Tier machen? Ich hatte nichts, um es festzubinden, aber ich musste schnell zu der Kleinen, die vielleicht verletzt war. Ich sah vor mir ein hohes Gebüsch, in dem weder scharfes Eisen noch Steinbrocken lagen. Es war ein sicherer Landeplatz für fliegende Ziegen. Ich drehte mich wie ein Hammerwerfer zweieinhalb Runden um die eigene Achse und schleuderte die Ziege in steilem Winkel in jenes gut gepolsterte Gebüsch. Ziegen, also Bergtiere, die über breite Schluchten springen, fliegen sehr elegant. Sie haben im Flachland nur wenig Gelegenheit, das zu zeigen. Cora X-Bein zeigte die ganze Schönheit ihrer Flugkunst und landete weich. Sie meckerte noch etwas empört, dann fraß sie junge Triebe und Blüten, an die sie ohne den Flug gar nicht herangekommen wäre.
Ich rannte zu den Kindern, nahm die Kleine auf den Arm und trug sie in den „Kopfstand". Sie wehrte sich nicht und hörte sofort auf mit dem Geschrei. Ich bettete sie auf den Strohsack. Sie war unverletzt, sie hatte nur eine blutige Schramme am Knie. Aus der Werkzeugkiste holte ich ein Sanitätspäckchen und verband das Knie mit einer breiten Binde. Ein Pflaster hätte es auch getan, aber so ein weiß leuchtender, dicker Verband wirkt enorm beruhigend. Die vier größeren Kinder wagten nicht, mich zu stören und hockten auf der Bettkante und redeten leise und beruhigend mit der Kleinen. Dann passierte etwas, das für die großen Kinder ungeheuerlich war. Das kleine Mädchen

sah mir lange ernst in die Augen, lächelte und schlief ein. Mit offenen Mündern starrten mich die Kinder an. Es war nun sehr still in der Hütte. Vom Hundelager unterm Bett kamen Winseltöne. Die Kinder lauschten gespannt und sahen mich fragend an. Ich nickte ihnen aufmunternd zu. Als sie Babarina und die Hündchen entdeckt hatten, war der Bann gebrochen. Die Mädchen richteten neben der Futterkiste ein neues Hundelager ein. Dort konnten sie dann, ohne auf dem Bauch herumzukriechen, die pelzigen Fettklöße ausgiebig genießen. Die Welpen wurden genau betrachtet, befühlt und berochen. Sie wurden untersucht, wer da Männchen und wer da Weibchen war. Schnell und ungerecht wurden Schönheit und Charakter beurteilt und wurde der Liebling bestimmt.

„Sieh mal, Anna-Mu", flüsterte Miranda. „Er hat eine weiße Vorderpfote."

„Sieht aus wie ein weißer Schuh."

„Er hat nach Schuhen gesucht und nur einen einzelnen Turnschuh gefunden und ihn gleich angezogen."

„Wollen wir ihn *Weißschuh* nennen?"

„*Turnschuh* ist besser."

Und schon hieß es *Turnschuh* hier und *Turnschuh* da. Die Mädchen legten all ihre Zärtlichkeit in das dumme Wort. Die Jungen hielten sich zurück. Dann machte Carlito Elle Endstelle ein Zeichen und sie schoben sich durch die Tür, sodass sie nicht knarrte. Draußen sammelten sie die weggeworfenen Geschenke auf. Sie kamen mit vollen Händen zurück. Ich zeigte auf die beiden Kisten. Ich verneigte mich ein wenig als Dank. Reden wollte ich nicht, mir war gar nicht nach Lügen zumute. Als Carlito zögernd den Fußball in meine Werkzeugkiste legen wollte, schüttelte

ich den Kopf und zeigte nach draußen. Carlito verstand. Die Jungs verschwanden mit dem Ball nach draußen. Und schon hörte ich: „Dreihundertneunundzwanzig zu Zweihundertneunzig."
Carlito hatte zusammen mit den Geschenken auch die Blumenkränze aufgehoben und in der Hütte auf den Tisch gelegt. Ohne Ziererei, ganz selbstverständlich nahm Miranda ihren Kranz, reparierte etwas und setzte ihn ins Haar. Anna-Mu zögerte, sah zu mir, sah zu Miranda und schmückte sich ebenfalls.
Nach zwei Stunden erwachte das Bäumchen. Sie blieb unbeweglich liegen. Nur ihr Blick wanderte ernst von Gegenstand zu Gegenstand. Es war, als prüften ihre Augen die Dinge, wickelten sie behutsam ein und verstauten sie sorgsam in ihrem Inneren. Dann betrachtete sie mich, wickelte mich ein und verstaute mich in ihrem Inneren.

Die alte Dame saß auf ihrer Bank und tat, was sie immer tat, sie fütterte Sperlinge. Wir waren allein. Ich erzählte ihr die Ziegengeschichte. Ich erzählte ihr von Bäumchens Mittagsschlaf.
„Du hast unseren Vertrag gebrochen."
„Ein verletztes Kind aufheben geht über alle Verträge."
„Wir lösen unsere Verbindung."
„Könnte ich nicht als eine Art Hausmeister arbeiten und bleiben?"
Tok-Tok sah mich an und lächelte traurig.
„Wir drei dummen Weiber haben dich, Kahler Baba, sehr gern. Und Rose und Glüh werden mir die Ohren vollheulen. Aber ich kann nicht anders. Schon morgen werden die Kinder an deine Blechtür klopfen, um das Bäumchen zum

Mittagsschlaf bei dir abzugeben. Die Kinder werden nun ständig an dir kleben, das ist nicht mehr zu verhindern. Darum darfst du nicht in unserer Nähe bleiben. Verschwinde, ohne Abschied, in aller Stille, noch heute Nacht."
Tok-Tok stampfte zweimal auf den Boden. Weil es auf dieses Zeichen keine Entgegnung gab, musste ich gehen.

16. Kapitel
Letzte Nacht

Ich stand auf dem Dach meiner Hütte und nahm Abschied. Ich wartete auf die Nacht. Mir war so weh. Noch nie war ich an einem Ort so glücklich gewesen. Noch nie war ich Teil eines Verbundes von so wunderbaren Menschen gewesen. Und nun wurde ich verjagt. Und ich musste zustimmen. Es war *zwingend notwendig.*

Dann war es dunkel genug, um heimlich zu verschwinden. Dicke Wolken verdeckten den Mond. Nur vom Betriebsbahnhof her schimmerte schwach etwas Licht. Ich stieg vom Dach und tastete mich den schmalen Pfad entlang in Richtung Fabriktor, in Richtung Straßenbahn, in Richtung Stadt, in Richtung warmes Wasser aus der Wand, in Richtung Teppiche, Sofakissen, Pizzadienst ...

Ich machte einen Umweg. Ich wollte nur ganz kurz Roses Schatten hinter den verhängten Fenstern des Schaltwerkes sehen. Das Schaltwerk, so viel war klar, war ein Arbeitsraum. Dort hatten die forschenden Frauen ihre Laborausstattung, Mikroskope, Fototechnik, vielleicht auch Regale mit Gläsern, in denen Tierchen krabbelten oder Samenkörner keimten. An einem der verhangenen Fenster flackerte nervös Fernsehlicht. *Vorgetäuschte Harmlosigkeit.*

Endlich ein Schatten, aber es war ein stattlicher Schatten, Glühwürmchen ging am Fenster vorbei. Ich wartete noch etwas. Doch die Frauen, so schien es, waren über ihre Geräte und Schreibarbeiten gebeugt und bewegten sich nicht durch den Raum. Ich seufzte und ging.

Auf dem stockdunklen Pfad hörte ich Schritte, die mir entgegenkamen. Es waren keine schleichenden Schritte, jemand rannte und keuchte dabei. Ich schob mich seitlich ins Gesträuch. Das tat weh. Es waren, wie meist auf dem Gelände, Dornen im Dickicht. Das Heilige Graubrot hastete schnaufend vorüber. Er stürzte zum Schaltwerk und verschwand.
Sehen wir uns, Kinder, den Alten etwas aufmerksamer an. Das Heilige Graubrot hatte stets ein großes rundes Brot unterm Arm. Überlegen lächelnd blickten die Leute auf das Brot. Das Brot zog den Blick auf sich und niemand beachtete den kleinen Rucksack des Alten. Auf den Rucksack aber kam es an. Er war eine Kuriertasche.
Kameras mit unglaublich hoher Auflösung hatten das streng geheime ETWAS, das da erforscht wurde, aus großer Entfernung stets im Visier. Das im Dornenwald gesammelte Material aber konnte nur in einem Labor mit modernster Technik untersucht werden. Das Labor war in der Stadt, im Seitenflügel einer Universität. Das Heilige Graubrot bewegte sich still und unermüdlich hin und her.
Der alte Kurier rannte in jener Nacht schnaufend an mir vorbei. Er hatte kein Brot unter dem Arm. In seinem Rucksack musste etwas höchst Aufregendes sein.

Ich drehte um und folgte ihm langsam, stand wieder abseits im Dunkeln und sah nach oben auf die beleuchteten Vorhänge.
Wisst ihr, Kinder, was ein wirklich großes Fest ist? Ihr wisst es nicht. Ihr könnt es nicht wissen, weil ihr nicht neben mir dort im Dunkeln standet. Dort nämlich hättet ihr, Kinder, ein Schattenspiel erleben können. Es war ein ge-

tanztes Schattenspiel mit Sprüngen, Pirouetten, Ringelreihe, kindlichem Hüpfen. Ja, auch die ehrwürdige Tok-Tok sah man kindlich hüpfen. Dann lagen sich die Tänzer erschöpft und selig in den Armen.
Darauf knallten Türen. Rose rannte aus dem Schaltwerk. Sie konnte mich nicht sehen, sie rannte nah an mir vorüber in Richtung „Kopfstand“. Sich entfernend, hörte ich ihren Ruf.
„Baba, bleib! Baba, geh nicht weg!“
Ich antwortete nicht. Ich folgte ihr schweigend. Als ich vor der Hütte stand, hörte ich, wie Rose innen nach Streichhölzern tastete, um die Laterne anzuzünden.
„Er ist weg. Er ist weg. Baba ist weg“, flüsterte Rose beim Anzünden der Laterne. Ich trat ein.
„Baba ist da“, sagte ich rau. „Böses Mann immer da.“

17. Kapitel
Eine Entdeckung und eine Beförderung

„Du, Kahler Baba, wirst von einer unteren Hilfskraft zu einer höheren Hilfskraft befördert und deine Essensration wird erhöht."
„Warum?"
„Darum."
Sehr feierlich reichte mir die alte Dame ihre abgegriffene Arbeitsmappe. Ich schlug sie auf und hatte ein recht verworrenes, hochaufgelöstes Foto vor mir.
„Was siehst du?", fragte Tok-Tok.
„Ich sehe ein Gewebe, sehr dicht, unregelmäßig wie Filz. Daneben ist eine gleichmäßige, himmelblaue Fläche."
„Das innerste Polster eines Vogelnestes und die himmelblaue Fläche ist ein Ei."
„Ist das euer wunderbares Geheimnis?"
„Ja."
„Darf ich nun fragen?"
„Nein. Ich werde dir ungefragt einiges erzählen."
„Einiges? Nicht alles?"
„Nicht alles. Aber genug für deine neue Aufgabe."
Ganz weich legte sie die Wange auf die Hände über dem Stock.
„Nun schon dreißig Jahre begleite ich diese wunderbaren Tiere rund um die Erde. Die Vogelkolonie baut immer gemeinsam nur ein einziges Nest und nur ein einziges Ei wird gelegt. Sie brüten abwechselnd. Sie ziehen auch gemeinsam das kostbare Küken auf. Sie umsorgen und verwöhnen es mit einem unglaublichen Aufwand. Ist der junge Wundervogel

flügge, zerstören sie das Nest und verschwinden. Sie ziehen mehrere Jahre auf dem ganzen Planeten umher und ich verliere die Spur. Über die Mittel, wie ich schließlich doch ihren neuen Nistplatz finde, möchte ich nicht sprechen. Habe ich dann das Nest gefunden, baue ich eine getarnte Forschungsstation auf. Das hier, die Tarnung als etwas irre Obdachlose, gehört zu den leichteren Übungen. Du hättest mich im Kongo sehen sollen, als ich im Urwald als genialisch durchgeknallte Klangkünstlerin Naturtonhörspiele kreierte. So konnten wir gut unsere Technik tarnen."

„Und deine Mitarbeiter?", fragte ich. „War Rose schon dabei?"

Tok-Tok, immer noch die Wange auf den Händen, schloss nur kurz die Augen. Sie hielt es für müßig, mich daran zu erinnern, dass ich nichts fragen darf. Sie fuhr fort.

„Du hättest mich als perverse Psychologin erleben sollen, als ich in der Wüste Gobi Stresstests mit Managern leitete. Das entsprach mir sehr. Ich spürte eine gewisse Begabung als Tyrannin."

Die wunderbare alte Dame lächelte mich an und wartete auf eine Bestätigung. Die Bestätigung kam nicht. Sie erzählte weiter.

„Meist fanden wir die Kolonie etwas zu spät. Entweder brüteten die Vögel schon oder zogen das Küken groß. Paarung und Ei-Legen fehlten in unserer Forschung. Im Hochgebirge Nepals, endlich, waren wir pünktlich. Das Nest war gerade im Bau. Wir richteten eine kleine Forschungsstation in einer Höhle ein. Als Tarnung unterrichtete ich reiche Europäer, wie man Berggötter besänftigt. Ich war von oben bis unten mit Zaubermitteln behangen und stand mit verdrehten Augen über Felsenschluchten und jaulte mit

dem Wind um die Wette. Große Oper. Aber auch saukalt. Das Nest war fertig, unsere Technik war installiert, die Spannung stieg. Wie kommt es zur Paarung? Wann wird das Ei gelegt? Wer legt das Ei? Aber es kam zu keiner Paarung. Die Vögel prüften immer noch hartnäckig die Umgebung – lange und gründlich. Etwas schien nicht zu stimmen. Etwas bremste den Legetrieb. War es eine Gefahr? Raubvögel? Pelzige Nesträuber? War es fehlende Nahrung? Temperatur? Geruch? Geräusche? Oh, diese Wundervögel sind sehr anspruchsvoll! Monate bangen Wartens, Touristen Täuschens und in den Wind Jaulens. Dann die Katastrophe. Die Vögel zerstörten den Nistplatz und verschwanden. Warum? Was hatte gefehlt?“
„Und hier, auf diesem bedruckten Blatt Papier, habt ihr eine Antwort gefunden?“
Ich wies auf das Foto.
„Ja.“
Tok-Tok sah auf, unsentimental, herzlich lächelnd.
„Eine junge Forscherin beugt sich über eine Aufgabe. Sie löst einen Teil der Aufgabe, blickt auf und ist achtzig Jahre alt.“
Sie zeigte mit einer Bleistiftspitze auf farbige Fäden im filzigen Gewebe.
„Fünf unterschiedliche Farben, fünf unterschiedliche Durchmesser, fünf unterschiedliche Strukturen.“
Triumphierend sah mich Tok-Tok an.
„Na, dämmert's? Wann und wo haben deine plumpen Betonaugen diese Farben gesehen? Blauschwarz, gelb, hellbraun, dunkelbraun, rötlichgolden ...“
Tok-Tok tippte einzeln auf die Fädchen und flüsterte: „Carlito, Miranda, Elle Endstelle, Anna-Muriel und das kleine Bäumchen.“

„Kinderhaar."
„Ja, ausschließlich Kinderhaar", sagte Tok-Tok. „Wir haben alles abgesucht. Kein Tierhaar, kein einziges Haar von uns Frauen und nicht mal dein Prachthaar konnten sie gebrauchen. Sie brauchen für den Legetrieb und das Brutklima Kinderhaar. Sie legen kein Ei ohne Kinderhaar. Sie pflanzen sich nur in der Nähe von Kindern fort. In der Nähe unserer Station in Nepal gab es keine Kinder."
Tok-Tok strich mehrmals mit der schlanken Hand über das Blatt vor sich, als streichelte sie über die Köpfe der Kinder.
„Die Kinder müssen auf dem Gelände bleiben", sagte Tok-Tok und stampfte zweimal auf den Boden vor der Sperlingsbank. „Du, Kahler Baba, wirst die Kinder hier festhalten und hüten."
Mein Arbeitsvertrag wurde geändert. Meine Sprache aber und meine ordentliche Frisur wurden mir nicht zurückgegeben. Die Täuschung musste erhalten bleiben: Die Frauen mussten arm und obdachlos erscheinen, das Graubrot musste als lächerlicher Heiliger sein Brot hin und her tragen und ich musste ein stammelnder Riesenrüpel bleiben.
Dem *wunderbaren Geheimnis* hatte ich mich ein großes Stück genähert. Ich hatte ein hellblaues Vogelei gesehen, das ehrwürdige alte Damen zum Hüpfen brachte. Ich hatte einiges über die Fortpflanzung einer rätselhaften Vogelart erfahren. Viel mehr aber wusste ich nicht. Doch. Ich wusste, dass die *Grüne Wolke auf der offenen Hand,* die Baggerschaufel über dem Sumpf, niemals erwähnt wurde.
Ich schlug eine neue Seite in meinem Notizbuch auf. Dort notierte ich Vogelnamen. Ich versuchte, mich an alles zu

erinnern, was um mich her flatterte und zwitscherte und auf dem Sumpfwasser schwamm.

Tok-Tok behielt, wie stets, recht. Die Kinder brachten nun täglich zur Mittagszeit Bäumchen in den „Kopfstand“. Das Kind kletterte dann schweigend auf meinen Schoß, lehnte sich an und schlief sofort ein. Die größeren Kinder, vom *Krötenhüten* befreit, gingen ihrer Wege. Die Mädchen verschwanden auf ihren Mädchenstein, die Jungen schossen einen Ball hin und her. Ganz selbstverständlich wurde ich ein Teil der Kinderbande. So konnte ich die Kinder im Gelände halten und darauf achten, dass sie dem Baggersumpf und dem Betriebsbahnhof nicht zu nahe kamen.

18. Kapitel
Ein Mondgesicht ist in Gefahr

„Ich bin so unglü..., ich bin so unglü..., ich bin so unglücklich“, winselte das Glühwürmchen.
„Und warum bist du diesmal so unglü...?“, fragte, nicht sonderlich interessiert, die lesende Tok-Tok.
„Ich bin so unglü..., weil Rose mein Mondgesicht zu Brei schlagen will.“
„Oho!“, rief Tok-Tok und sah nun doch von ihrem Buch auf.
„Und warum will unsere liebe Rose dein liebes Mondgesicht zu Brei schlagen?“
„Weil ich hinterhältig sei, sagt sie, weil ich verworfen sei, weil ich ein Miststück sei“, schluchzte Glüh.
„Oho! Das ist mir bisher noch nicht aufgefallen.“
„Mir auch nicht.“
„Einen triftigeren Grund, dein Mondgesicht zu entstellen, hat Rose nicht genannt?“
„Nein. Ich wüsste schon, was sie meine, und ich solle aufhören mich zu verstellen.“
„Sieht ganz nach Eifersucht aus. Hast du dich etwa am Kahlen Baba vergriffen?“
„Niemals! Ich schwöre!“
„Das wäre auch ziemlich blöd.“
„Wir sind wie Geschwister, wir zanken uns wie Geschwister, wir balgen uns wie Geschwister und wir teilen wie Geschwister. Mehr geht gar nicht, weil wir uns viel zu ähnlich sind.“
„Verleumdung?“
„Aber wer?“

„Der Kupferspecht?“
„Das ist ein großer Geschichtenerzähler.“
„Vielleicht verbreitet er Gerüchte in der ‚Endstelle‘?“
Rose trat ein, frisch gebadet. Sie hatte sich den Ruß vom Eulenschlot in der Grotte abgewaschen, aber keinesfalls hatte das eisige Wasser sie abgekühlt. Sie ließ sich wortlos ins Bett fallen und schloss die Augen unter den Zornesfalten der schönen Stirn.
„Rose?“
Schweigen.
„Rose, warum willst du mein Mondgesicht zu Brei schlagen?“
„Mit dir rede ich nicht mehr.“
„Redest du mit mir?“, fragte Tok-Tok.
„Ja.“
„Dann erzähle!“
„Ich will dich nicht mit dieser Geschichte belasten, ehrwürdige Tok-Tok, sie ist viel zu gemein.“
„Erzähle!“
„Also kurz, ich habe Glüh und Baba auf frischer Tat ertappt.“
„Niemals!“
„Doch! Es war heute Morgen nach dem Stockkampf. Ich habe es gesehen und gehört.“
„Was hast du gesehen?“
„Ich habe gesehen, wie Glüh Babas Gesicht in ihre Schaufelhände nahm und sich mit ihren Lippen seinen Lippen genähert hat.“
„Haben sich die Lippen berührt?“
„Nein. Glüh schien sich im letzten Moment zu besinnen.“
„War das alles?“

„Nein, das war nur der Anfang. Sie hat ihn gierig gefragt: ‚Wo?'"
„Ist das wahr?", fragte Tok-Tok.
„Bis jetzt ist es wahr", sagte Glüh leise.
„Baba hat gezögert", fuhr Rose fort, „und dann doch nachgegeben und gesagt: ‚Hütte'." Darauf wären beide wie besessen in das Blechhaus gerannt und hätten die Tür fest verschlossen. Dann hätte es rumort und sie, Rose, wäre an so ein rundes Fensterloch geschlichen und dort hätte sie deutlich ein gieriges „Hier!" gehört und ein viehisches Abschmatzen und Abknutschen.
„War es so?", fragt Tok-Tok.
„Ja", gestand Glüh.
„Und du schämst dich nicht?"
„Nicht sehr. Es hat mich einfach überwältigt. Das passiert manchmal, ein- bis zweimal im Monat, dann kann ich nicht anders, dann muss es sein. Ihr könnt das nicht verstehen, ihr seid so klein und mager, ihr verzichtet ohne große Anstrengung. Aber Baba und ich, wir sind zwei große, heiße Öfen, wir brauchen das ..."
„Aber dann seid ihr doch Tiere", rief Rose entsetzt.
„Ja, manchmal", gestand Glüh. „Da kann man nichts machen."
„Ich bin auch ein Tier", sagte nun fröhlich Tok-Tok. „Ich bin ein dummes Huhn. Das hätte mir doch schon klar sein müssen, als ich auf Graubrots Rucksack den Fettfleck entdeckt habe. Ach, Alte, mach die Augen auf."
Und die ehrwürdige Tok-Tok prustete und lachte und konnte sich kaum beruhigen.
„So", sagte sie, als sie wieder Luft geholt hatte, „jetzt erzähle ich den gleichen Sündenfall noch einmal."

Doch der Lachanfall schüttelte die würdige alte Dame wieder. Sie musste erst einmal ihr Kissen aufschütteln und sich bequemer setzen, ehe sie behaglich erzählen konnte.
„Glüh kämpfte also mit Baba. Plötzlich wirbelt der Stock ihr einen wunderbaren Duft in die Nase. Der Duft musste von Baba kommen. Sie ließ den Stock fallen, nahm Babas Kopf in die Hände und roch an seinem Mund. Kein Zweifel: Der Baba atmete Bratenduft!"
„Schnitzelduft", warf Glüh ein.
„Und weil sie sich so ähnlich sind, nahezu Zwillinge, brauchen sie nicht viele Worte. ‚Wo?', ‚Hütte.', ‚Hier!' und schon stürzen sie sich auf die Fleischbrocken und schmatzen wie die Tiere."
„Ja, es klang animalisch", sagte Rose.
„Ja, genauso war das und es war nicht aufzuhalten", sagte Glüh.
„Und wie habt ihr das Heilige Graubrot zu so einem sündigen Vergehen angestiftet?", fragte Tok-Tok.
„Es war ein glücklicher Irrtum", erzählte Glüh. „Der Kahle Baba bat das Heilige Graubrot um ein paar Knochen und um Fleischabfälle. Er wollte seine kahle Hündin, die ihm ja die Hälfte der Wochenration wegfraß, damit füttern. Graubrot aber dachte, Baba selbst hätte einen unbezwingbaren Fleischappetit und bäte nicht um gutes Fleisch aus Bescheidenheit. Darum hat das Heilige Graubrot, großherzig wie er nun mal ist, eine große Ladung gebratener Schnitzel in seinem Kurierrucksack heimlich in den ‚Kopfstand' geschleppt."

Dieser kleine fröhliche Krach hatte ein Nachspiel mit Heulen und Zähneklappern. Ich hörte das Heulen schon von

Weitem, als ich mich ein paar Tage später dem Bahnhof näherte. Ungehemmtes, herzzerreißendes Frauenweinen kam mir entgegen. Ich stürzte vorwärts. Heiß durchströmte mich die Vorstellung, dass diesen wunderbaren Frauen Gewalt angetan wird. Ich hielt aber sofort inne, als ich die Sperlingsbank von Weitem erblickte. Es sah aus, als kämpften die drei Frauen gegeneinander. Dann sah ich, dass Rose und Glüh vor Tok-Tok knieten. Tok-Tok war in zorniger Majestät hoch aufgerichtet. Die jungen Frauen, jämmerlich gekrümmt, umklammerten Tok-Toks Herrscherstock und wollten so ein Aufstampfen verhindern. Dabei heulten sie und flehten um Erbarmen. Glüh bemerkte mich im Augenwinkel und drehte mir ihr verheultes Mondgesicht zu.

„Komm, Baba, hilf uns! Knie nieder, weine, bete und versprich, dass du immer brav sein wirst!“, rief mir Glüh entgegen.

„Ja, ja! Bitte! Bitte!“, stimmte Rose bei.

Knien, weinen und beten war viel verlangt. Aber es war denkbar. Zu versprechen, immer brav zu sein, war undenkbar. Also blieb ich erst mal stehen und wartete.

„Schluss! Ruhe! Hände weg!“

Wie konnte nur eine so alte Dame so viel Kraft in ihre Stimme geben? Rose und Glüh ließen sofort den Stock los, starrten ihn aber ängstlich an. Der Stock blieb unbeweglich. Die jungen Frauen waren erleichtert. Tok-Tok wandte sich zu mir.

„Gut, dass du kommst, Paris, schönster Jüngling der Welt, um den Streit zwischen drei Weibern zu klären. Verlange aber nicht, dass wir uns dazu in eine Wolke hüllen und nackt ausziehen.“

Und wieder staunte ich über diese Persönlichkeit. Sie war gleichzeitig kühl und herzlich.

„Hilf uns, Baba!", bat nun das Glüh. „Rette uns! Die ehrwürdige Tok-Tok will uns ein Leid antun."

„Glaube ich nicht."

„Doch, sie will uns verstümmeln, sie will uns vernichten, sie will uns – parfümieren!"

„Tok-Tok, Alchimistin im Nebenberuf, will ein Parfüm kreieren", erklärte etwas gefasster Rose. „Ein Elixier aus Buttersäure, Essenzen von verdorbenem Fisch und Schlimmerem."

„Wir sollen bestialisch stinken", schluchzte Glüh. „Zu meinen Nilpferdrundungen soll ich auch noch nach faulen Eiern stinken."

„Da wirst du wohl des Nachts, mein lieber Baba, dein Blechhaus mit dem schweren Eisenriegel von innen fest verschließen", sagte Rose bitter.

„Ein Schuft, wenn er das tut!", rief Tok-Tok. „Ein Schuft, den ein paar Moleküle von seiner Liebsten fernhalten. Ein Jammerlappen, der sich vor Geruchspartikeln, winziger als Mehlstaub, fürchtet. Ein paar Nervenenden in der Nasenschleimhaut senden Signale, mehr ist das doch nicht. Das ist doch kein Grund, ihr Heulsusen, so ein Spektakel zu machen."

„Aber warum? Warum, ehrwürdige Tok-Tok, bist du gezwungen, ein so drastisches Mittel wie bestialischen Gestank einzusetzen?", fragte ich. „Das ist doch etwas ungewöhnlich?"

„Ja, ungewöhnlich", erklärte Tok-Tok, „darum geht es. Wenn ungewöhnliche weibliche Anziehungskräfte unser Projekt gefährden, muss ich mit ungewöhnlichen Mitteln diese Anziehungskräfte stören."

Die Finger der strengen Dame umfassten fester den Griff des Stockes.
„Noch nicht stampfen!“, rief Glüh. „Höre erst Baba an. Er ist nicht so blöd wie er aussieht.“
„Es geht also um die Auswahl von Mitteln?“
„So ist es.“
„Pestgestank ist ein drastisches Mittel.“
„Mit durchschlagender Wirkung.“
„Mit verheerender Nebenwirkung.“
„Die wäre?“
„Kollateralschaden. Volltreffer auf euer Hauptquartier. Die Zerstörung des Zusammenlebens im innigsten Verbund.“
Tok-Tok war viel zu schnell im Kopf, um auch nur einen Moment mit ihrer Zustimmung zu zögern. Sie sah mich spöttisch an.
„Ja, Angst macht schlau“, sagte sie und lachte. „Mimose Baba hat euch gerettet. Ich werde ein anderes Mittel wählen, mit etwas weniger Kollateralschaden, um Männer abzuschrecken. Ich weiß auch schon was!“
Die würdige alte Dame betrachtete heiter die kissenverstärkten Rundungen Glühs.
„An die verrostete Fahnenstange hier am Bahngleis werden wir eine männerverschreckende Flagge hissen: Glühs Unterhosen.“
Nach höchster Spannung klingt befreiendes Lachen immer etwas irre und ist den Tränen nahe. Glüh und Rose entspannten, kicherten irre und heulten vor Freude wie zwei Kinder.
Halte einen Moment inne, junge Leserin.

Oft sah ich Rosalinde hinterher, wenn sie *stadtfein*, den schreienden Rollkoffer ziehend, den Eulengrund verließ. Ich litt wie ein Tier. Ich spürte die Blicke, denen sie in der Stadt entgegenging, wie Nadelstiche in meiner Haut. Rose duldete nicht, dass ich mich um sie sorgte. Nur einmal brachte ich sie dazu, mir einiges über ihre Erlebnisse als *Rose-Rad-ab* zu erzählen.
„Warum", so fragte ich sie, „musst du so oft als *Rose-Rad-ab* in die Stadt?"
„Damit mich möglichst viele Leute mit eigenen Augen sehen."
„Warum ist das gut?"
„Sie sehen *Rose-Rad-ab* und glauben zu wissen, wer da unten im Eulengrund haust. Was die Leute mit eigenen Augen sehen, das haken sie ab, das wird als gegeben hingenommen. Das Versteckte aber, das wuchert in der Fantasie, wird bedrohlich und stachelt die Neugierde an, ist nicht harmlos."
„Verstehe."
„Und nebenbei kann ich viel Vogelfutter für Tok-Tok aus den Papierkörben klauben und heranschleppen. Die Mülldekoration neben dem Tor muss ja auch immer frisch gestaltet werden, denn Patina macht selbst die ekelhafteste Verpackung appetitlich."
„Hast du viel Schlimmes erlebt als *Rose-Rad-ab*?"
„Nein. Nur die üblichen Kränkungen. Ich werde von allen, auch von Kindern, sofort geduzt, ich bekomme Ratschläge zur Körperpflege und höre immer die gleichen Witze über das fehlende Rad. Nichts, was ernstlich verletzt."
Rose dachte nach und lachte plötzlich leise.
„Es gibt etwas ganz Kleines", sagte sie verlegen, „das mich

doch irgendwo in der Tiefe trifft. Das sind die stummen, scheuchenden Handbewegungen, wenn ich den teuren Läden oder Restaurants zu nahe komme. Sieh mal, so machten die Verkäufer oder Kellner."

Rose hob die schönen Hände und ließ ihre schlanken Finger schlaff herabhängen. Dann hob sie ihre Fingerspitzen ein paar Mal wenige Zentimeter an. Mir stieg der Zorn heiß in den Kopf. Ich ballte die Fäuste. Rose löste sie lachend.

„Kleine, aufgeplusterte Hähnchen, nicht der Rede wert."

„Und Gewalt?", fragte ich. „Hast du als *Rose-Rad-ab* Gewalt erlebt?"

„Einmal."

Rose tastete mit den Fingerspitzen auf ihrem Hinterkopf herum.

„Eine Rivalin hat mir ihren Leinenbeutel hierhin gehauen. Im Beutel waren zwei harte Pappen voller Rotwein und eine Haarbürste mit massivem Griff. Es hat ein bisschen geblutet. Aber das ging schon in Ordnung. Es war ein Revierstreit. Weißt du, Baba, wie brutal um einen Papierkorb gekämpft wird, der neben einem Bier- und Wurstkiosk steht?"

Dann erzählte mir Rose Forscherschicksale. Sie sprach vom Tod im Eis, auf Scheiterhaufen oder auf dem Meeresgrund.

„Das, du großes Puddingherz, sind Opfer für die Wissenschaft, nicht unsere Wehwehchen. Kein Wort mehr darüber. Tok! Tok!"

19. Kapitel
Der Überfall

„Eine dicke Mutti mit Besen, ein behaarter Idiot mit Glatze und eine boshafte Ziege im Backofen stehen uns als Streitmacht gegenüber“, sagte ein gepflegter Herr im „Gasthof zur Endstelle“. Dieser Herr war der Besitzer mehrerer Clubs im Zentrum der Stadt. Er war ein alter Geschäftsfreund des Wirts.

„Verzeihung! Ich weiß, das klingt lächerlich ...“, entschuldigte sich der Gastwirt.

„Da gibt es nichts zu verzeihen und da ist auch nichts lächerlich“, unterbrach ihn der Clubbesitzer und hob eine mit schweren Ringen geschmückte Hand. „Wenn ich einen Auftrag ausführe, dann schnell, gründlich und reibungslos. Ich nehme ernst, was stören könnte.“

„Und Sie können mir glauben, mein Herr, Glüh sollte ernst genommen werden“, mischte sich der Kupferspecht ein.

„Wer ist Glüh?“

„Die dicke Mutti mit dem Besen.“

„Was hast du gesehen?“

„Da kann man gar nichts richtig sehen, wenn sie mit dem Besen wirbelt.“

„Interessant. Sie wirbelt? Wie wirbelt sie?“

„Sie wirbelt den Stiel so schnell um die Hand, dass die Luft singt. Und dann, zack, hat man schon einen Schlag auf dem Rücken, dann lacht das dicke Miststück und wirbelt weiter.“

„Interessant. Zieht sie den Stiel aus dem Querteil mit den Borsten?“

„Ja. Woher wissen Sie das? Sie stellt ihren Fuß auf das

Borstenteil und dreht den Stiel heraus, bevor sie wirbelt."
„Welche Farbe hat der Besenstiel?"
„Hell. Nur in der Mitte etwas nachgedunkelt vom Schweiß der Hände."
„Leicht? Biegsam?"
„Nicht biegsam, nicht leicht. Der Besenstiel ist hart und schwer und tut weh."
„Weißeiche. Und wie lang?"
„Etwa einsneunzig, so lang wie die Dicke hoch."
„Oho! Eine große Mutti."
„Sage ich doch. Eine Maschine."
„Ist sie sehr verwahrlost?"
„Um die Hüften herum ist sie aus dem Leim gegangen. Das kommt vom Naschen, Saufen und Fernsehen. Ihr Hirn scheint auch schon angegammelt. Sie lacht immerzu ohne Grund, sie verprügelt den kahlen Idioten ohne Grund und sie haut mit dem Besen der Ziege ohne Grund auf die Hörner. Ich glaube, sie ist schuld, dass das Ziegenvieh so böse geworden ist."
„Tragisch", sagte der Clubbesitzer mit echter Anteilnahme. „Es sind oft die Besten, die nach ihrem Zenit abstürzen."
„Was für ein Zenit?", fragte der Wirt.
„Sie, die dicke Mutti, die kaum durch die Tür kommt, muss in ihrer Jugend im Bo Staff, also Langstock, ausgebildet worden sein."
„Kampfsportlerin?"
„Vielleicht sogar erfolgreich."
„Und nun?"
„Nun weiß ich Bescheid und bereite mich vor", sagte der Clubbesitzer und stand auf. „Meine Leute übernehmen die

dicke Mutti und die Räumarbeiten. Ihr kümmert euch um den kahlen Idioten und die Geiß."
„Das übernehme ich", sagte eifrig der Kupferspecht. „Ich schließe Cora X-Beins Gehege und der Kahle Baba kriegt nicht nur eine Pulle Pflaumenschnaps, der kriegt zwei. Dann rollt er in die Ecke und ist entsorgt."

„Mirabellengeist?", fragte bei unserem Abendgespräch auf der Sperlingsbank Tok-Tok.
„Zwei große Flaschen", antwortete ich, „reichlich Vorrat für Babarinas Fellpflege."
„Der Kupferspecht will dich also ausschalten. So, so! Du hast doch hoffentlich höchstes Interesse an seinem Geschenk gezeigt?"
„Ich habe die Flaschen an die Brust gedrückt und gesungen:

Ka, Ka, Kahler Baba
hat keinen Bock
auf Frau mit Stock.
Ka, Ka, Kahler Baba
will nicht Töpfe scheuern,
will nicht Öfen feuern,
Ka, Ka, Kahler Baba
hat einen neuen Herrn.

Dem Specht gefiel das Lied. Er tätschelte mir lachend die Schulter und ist eilig davon."
„Ja, das passt alles zusammen", sagte Tok-Tok, während sie ruhig ihre Vögel fütterte. „Heute Nacht bekommen wir Besuch. Unser netter Nachbar, der Wirt vom ‚Gasthof zur

Endstelle‘, hat sich von einem Berufskollegen, einem Clubbetreiber, handfeste Schläger ausgeliehen.“
„Viele?“
„Ein Auto voll.“
„Amateure?“
„Professionelle Rausschmeißer.“
„Einige meiner alten Sportsfreunde, Ringer, Boxer und Gewichtheber, verdienen so ihr Geld. Man sollte sie ernst nehmen.“
„Glüh ist vorbereitet.“
„Ein gewagtes Spiel.“
„Es muss sein“, sagte Tok-Tok.
„Warum?“, fragte ich. „Der Wirt ist käuflich. Warum habt ihr ihn nicht in aller Stille gekauft?“
„Weil wir ihn zum Zanken brauchen.“
„Wie passt so ein Nachbarschaftszank zu unserem Schutzmittel *Vorgetäuschte Harmlosigkeit?*“
„Wer sich zankt, ist harmlos. Er zeigt vor, dass er nicht mit Wichtigem beschäftigt ist, dass ihm Zeit und Kraft nicht kostbar sind. Wer sich nicht zankt, wird von klugen Leuten sofort ernst genommen. Wir wollen nicht ernst genommen werden.“
„Verstehe. Wir brauchen diesen Überfall.“
„Ja. Und Glüh braucht einen kleinen Auftritt, etwas Zirkus mit Publikum und Beifall. Nie darf sie zeigen, was sie kann.“
„Darf ich mit ihr gemeinsam auftreten?“
„Nein. Wenn ihr beiden Ungetüme nebeneinander auftretet, dann ist das nicht harmlos, dann seht ihr zum Fürchten aus. Die Angreifer könnten Angst bekommen, umkehren, uns ernst nehmen und verstärkt wieder auftauchen.

Du bleibst unsichtbar und sicherst das Stellwerk. Der Kupferspecht wird diese Gelegenheit nutzen wollen, um dort einzudringen."
Und weil der Stock der alten Dame zweimal auf die Erde stieß, nickte ich und schwieg.

20. Kapitel
Glühwürmchen kämpft gegen Drachenfuß

Kurz nach Mitternacht tanzten weit schwingend Scheinwerfer quer durch Trümmer und Sträucher. Ein hochbeiniger Geländewagen walzte Stacheldraht und scharfes Blech platt, er hatte unzerstörbare Reifen wie Schildkrötenpanzer. Vor dem Kühler hatte das Gefährt ein Stangengitter, mit dem es sogar kleine Bäume umknicken konnte. Ungehindert bahnte sich dieses Ungetüm, nur ab und zu aufheulend, einen geraden Weg zum Betriebsbahnhof. Es hielt mit einem gewissen Abstand vor dem Gebäude, sodass seine Scheinwerfer – auch auf dem Autodach waren welche – das ganze Haus und den Raum davor, mit Bank und Futterplatz für die Vögel, erfassen konnten.

Autotüren schlugen und zwei breitschultrige junge Männer stiegen vom hohen Fahrzeug. Sie hatten dreieckige helle Tücher über Mund und Nase, sommerliche Hemden und blitzsaubere weiße Turnschuhe an. Sie sahen mehr fröhlich als bedrohlich aus. Alles an ihnen war appetitlich gepflegt und großstädtisch schick. Nur, dass sie halt in den Händen Baseballschläger hielten. Ein kleiner Schatten huschte hinter ihnen aus dem Wagen und verschwand in der Finsternis.

Auf der Sperlingsbank saßen Tok-Tok und Rose. Tok-Tok hatte ein dickes, oft geflicktes Großmuttertuch über Kopf und Schultern gelegt. Das ärmliche Tuch musste als Zeichen der Harmlosigkeit reichen, ihre Haltung aber war nicht harmlos. Rose hatte sich *stadtfein* gemacht. Die

Haare schön fettig, die Augenschatten tief, und ihr Markenzeichen, der speckige Rollkoffer, lehnte am Knie.
Die Männer waren unterschiedlich. Der eine war angenehm direkt.
„Ihr Weiber haltet das Maul", befahl er. „Wenn ihr schreit, hört euch sowieso keiner."
Der andere war geschwätzig.
„Wir vergreifen uns nicht an Frauen", sagte er. „Wir räumen nur ein bisschen auf. Wir mögen's sauber und ordentlich. Wir zerlegen eure Bruchbude, damit ihr in eine nette Pflegeanstalt kommt mit hygienischen Standards."
Tok-Tok betrachtete nur kurz die zwei aufgeplusterten Hähnchen. Dann blickte sie gespannt auf die schwarzen Scheiben des stillen Fahrzeugs mit den Riesenrädern.
In der Haustür erschien das Glühwürmchen, ausgestattet mit Kittelschürze, Kopftuch und Besen, wie eine tüchtige Hausfrau beim Großreinemachen auszusehen hat.
„Da ist ja unsere dicke Mutti", sagte lachend der eine.
„Oho! Jetzt bekommen wir Haue", sagte lachend der andere.
Glüh lächelte. Sie trat mit einem Fuß auf das Querstück mit den Borsten und zog den Stiel heraus. Gute harte Weißeiche, einsneunzig lang, drei Pfund schwer. Die Männer hoben ihre keulenartigen Werkzeuge, um mit dem Zerschlagen der Fensterscheiben zu beginnen. Der Besenstiel wirbelte und zwei Baseballschläger rollten über die Erde. Das geschah geräuschlos. Glüh hatte zentimetergenau die Hände der Radaubrüder getroffen. Es kam zu keiner Begegnung der Weißeiche mit dem Buchenholz der Keulen.
Glüh verbeugte sich höflich, ihrer Sportart angemessen, und trat einige Schritte zurück, damit die Gegner ihre Waffen wieder aufheben konnten. Die Männer standen

verblüfft da und rieben ihre schmerzenden Handrücken an den Schenkeln. Es waren keine grünen Jungs. Mit den Füßen zogen sie die Keulen an sich heran, bückten sich schnell und standen kampfbereit vor Glüh. Sie hatten ihre Schlagwerkzeuge jetzt weit hinten am Knauf gefasst, um die Reichweite zu verlängern und die Hände zu schützen. Sie näherten sich Glüh mit kreisenden Keulen. Sie griffen jetzt getrennt, von entgegengesetzten Seiten, an. Glüh lockerte sich mit einigen Spins. Sie ließ den Stab vor sich und neben sich in einer Geschwindigkeit kreisen, dass der Stab zu einer milchigen Scheibe wurde. Geschmeidig, nach eleganten Ausfallschritten links und rechts, schnellte der Stab zu den Keulenschwingern und wieder rollten die Baseballschläger über den Boden. Nun aber weigerten sich die harten Männer, ihre Kampfgeräte wieder aufzunehmen. Sie gingen rückwärts mit leeren, sich rötenden und anschwellenden Händen zu ihrem Fahrzeug und huschten hinein. Die Türen blieben lange geschlossen, die dunklen Fenster sahen trutzig aus. Vielleicht wurde im Auto beraten, vielleicht wurden dort die Hände bandagiert? Rose und Tok-Tok langweilten sich nicht, sie wussten, das war nur ein Vorgeplänkel, der entscheidende Kampf stand noch bevor.

Das dauerte. Dann flogen die Türen auf und es wurde sichtbar, warum es gedauert hatte. Die Kämpfer hatten Rüstungen angelegt, sie hatten aufgerüstet. Statt der leichten Sommerhemdchen, Höschen und Schühchen, hatten sie nun die schwere Schutzkleidung von Abrissarbeitern an. Sie trugen Helme und feste Handschuhe und Arbeitsstiefel mit Stahlkappen. In den Fäusten aber hielt der eine Gepanzerte eine Brechstange und der andere einen Mon-

tagehebel zum Wechseln von Reifen. Vor den Mündern waren Staubmasken.
„Jetzt machen wir ernst“, klang es dumpf unter einer Atemmaske hervor. „Jetzt machen wir unsere Arbeit. Jetzt gehen wir durch die Tür und räumen euren Saustall auf. Und wenn du Kloß uns aufhalten willst, hauen wir dir ein paar Dellen in den Speck.“
Sie stapften drohend auf die Tür zu, in der Glüh gelassen lehnte.
„Es ist ein altes Problem“, flüsterte Tok-Tok mit Rose, „das habe ich auch manchmal. Wer sich panzert, wird unbeweglich.“
So dachte auch Glüh und bewegte sich mit leichten Füßen vom Haus weg, um möglichst weiträumig operieren zu können. Sich der eigenen Unverwundbarkeit sicher, stapften die Behelmten wie Rammböcke vorwärts. Zwei Ausfallschritte, zwei Treffer und die Angreifer fühlten, dass ihre Ritterrüstung Schwachstellen hatte. Die derben Arbeitshosen waren über den Oberschenkeln und über den Knien mit Polstern verstärkt. Aber in den Kniekehlen war zur Kühlung und Lüftung das Gewebe besonders dünn. Nach zwei, drei Berührungen der Weißeiche mit diesem dünnen Stoff knickten die Rammböcke ein. Der verstärkte Stoff über den Knien berührte den Staub vor der Haustür.
Nun aber wurde Glüh übermütig. Sie schleuderte den Bo hoch in den Nachthimmel und ließ ihn unbeachtet weit von sich in einen Busch fallen. Sie hatte sich selbst entwaffnet. Die Angreifer, ihr Glück kaum fassend, überwanden den Schmerz in den Kniekehlen, richteten sich auf und stürzten sich auf die entwaffnete Glüh. Glüh, sehr konzen-

triert, sprang den beiden entgegen, und wie ein dicker Kreisel drehte sie sich um ihre Achse. Sie tanzte tatsächlich eine Pirouette. Ach, ihr Augen, was seid ihr doch für träge Instrumente! Wie nur kamen nach diesem Tänzchen die schweren Eisenstangen in Glühs große Fäuste?
„Das sind Hebel, Jungs", rief Glüh und schüttelte Brechstange und Montierhebel vor den Gesichtern der erstarrten Raufbolde. „Hebel sind doch keine Teppichklopfer. Hebel sind zum Hebeln da, ohne viel Kraft, gegen die Gelenke. So! So! Ist doch ganz einfach. Kommt, wir wollen es nochmal üben."
Glüh wollte die Waffen zurückgeben. Sie wurden aber nicht angenommen. Die Schläger schlurften mit ihren Stahlschuhen rückwärts, seltsam weich in den Knien.
„Ach, seid doch nicht gleich eingeschnappt", rief Glüh versöhnlich. „Kommt rein, ich koch uns einen Kaffee. Dann lachen wir zusammen."
Aber die starken Männer wollten keinen Kaffee, und sie wollten auch nicht lachen. Sie wollten sich retten. Der eine hinkte, der andere hüpfte auf einem Bein zum stillen Fahrzeug mit den schwarzen Scheiben. Sie stöhnten beim Einsteigen und die Türen klappten.
„War's das?", fragte Rose.
„In diese Kiste da", sagte Tok-Tok und wies auf den Geländewagen, „passen mehr als zwei."
So schien auch Glüh zu denken. Sie warf die Eisen weit in die Wildnis und hob ihren Kampfstock auf. Sie strich prüfend über dessen Oberfläche. Dann nahm sie wieder in der Pose einer Wächterin ihren Platz ein. Atmen, entspannen, sich sammeln.

Betont langsam öffnete sich die hintere Wagentür. Ein nackter Männerfuß erschien. Der Fuß war tätowiert. Drachen schlängelten sich hoch zur Wade.

„Quiequeck", flüsterte Tok-Tok entzückt.

Glüh, plötzlich ganz Glühwürmchen, leuchtete auf. Nach dem Umfang des Fußes zu schließen, musste das, was dem Fuß folgen würde, wohl auch recht umfangreich sein. Dem war so. Ein Riese mit Piratentuch über der Stirn, wüsten Bildern auf dem viel zu engen Sporthemd und mit Goldkettchen geschmückt, folgte dem nackten Fuß. In der Faust hielt er eine verchromte Metallstange.

Wer nicht mit dieser Sportart vertraut ist, den, Kinder, will ich nicht langweilen. Darum fasse ich die Zeremonien der Begrüßung zusammen: Dutzende Verbeugungen, unerklärliches Umherschreiten, Stäbe zur Prüfung überreichen ... Verzeiht mir, Freunde dieses Sports. Ich weiß, für euch sind das Leckerbissen.

Die Geschwindigkeit des Schlagabtausches war für ein ungeübtes Auge nicht fassbar. Tok-Tok aber lächelte, ihre Augen waren trainiert. Nach drei kurzen heftigen Attacken und einem etwas längeren Schlagabtausch lehnte sich die alte Dame entspannt zurück. Glüh war eindeutig überlegen. Kleine Gauner halten sich an Spielregeln. Regel Nummer eins: Kein bezahlter Auftrag ist es wert, sein Leben zu riskieren. Der Verlierer mit dem Drachenfuß zuckte nur die Schultern und legte, nach etlichen Verbeugungen, seinen Metallstab vor Glühs Filzpantoffeln. Dort blieb er auch liegen, als der Geländewagen mit weit schwingenden Scheinwerfern quer durch die Fabriktrümmer kopfüber, kopfunter vom Gelände verschwand.

Erinnert euch, Kinder, als die beiden mit ihren Keulen das Fahrzeug verließen, war auch ein kleiner Schatten in die Dunkelheit gehuscht. Das war natürlich der Kupferspecht. Er wollte, wie von Tok-Tok vorausgesehen, in das Stellwerk schleichen. Er hoffte auf Kupfer- und Messingteile der alten Bahntechnik. Ich saß auf den ersten Treppenstufen im stockdunklen Vorraum. Ich saß da nicht allein, ich hatte mir Cora X-Bein unter den Arm geklemmt. Selbst so fest umklammert, brachte es das böse Ziegenvieh fertig, ganz still eine Manschette meines Hemdes, zusammen mit dem Knopf, genüsslich abzukauen.
Wer ein Lebewesen, und sei es noch so böse, fest umklammert hält und an sich drückt, spürt plötzlich, dass in jedem Leben etwas Großartiges ist. Das Glucksen in den Röhren zur Futterverwertung, das Pulsen der Blutkanäle, das Heben und Senken der Rippen beim Atmen, das Zittern von wenigen Quadratzentimetern Fell, weil eine Fliege dort gelandet war, all das war beglückend. Was hielt ich da für ein unfasslich hoch organisiertes Bündel Leben im Arm. Ich drückte mein Gesicht in das Fell der bösen Ziege. Cora X-Bein roch großartig nach Kindheit und glücklichem Sommer.
Ich hörte das Auto, ich hörte die Türen und ich hörte die gemieteten Schläger herumbrüllen. Dann ahnte ich den Ablauf der Ereignisse nur noch.
Ohne Cora X-Bein hätte ich das Anschleichen des Kupferspechts nicht bemerkt. Die Ziege mit ihren feinen Sinnen spannte sich, atmete heftiger und war nahezu elektrisiert vor Kampfeslust. Als der Kupferspecht so nah war, dass er uns fast berührte, entließ ich Cora X-Bein aus der Umklammerung und schenkte ihr den Kupferspecht. Die Zie-

ge meckerte vergnügt, und der Gauner rannte schreiend davon.

„Hilfe! Aua! Teufelsvieh! Nicht immer auf dieselbe Stelle", jammerte er auf seiner Flucht zum großen Fabriktor. Das Trampeln, Keuchen und Gemecker entfernte sich und verschwand. Einige Minuten war es ganz still, dann erklang wieder die vertraute Nachtmusik – Froschgesang und Eulenrufe.

Cora X-Bein kam zurück. Von einem Horn baumelte ein Fetzen Hosenboden. Sie kroch zufrieden in ihren Backofen. Dort käute sie in Gedanken versunken wieder: meine Manschette vom Hemd und den Knopf.

21. Kapitel
Es grünt so grün

Wer den Dummkopf spielt, Kinder, der hat viele Vorteile. Er ist meist in gut gelaunter Gesellschaft. Jeder, der ihn trifft, fühlt sich überlegen, also aufgewertet. Und darauf kommt es ja immer an. Das hebt die Stimmung. Leider fühlt sich jeder, der ihm begegnet, auch für ein Lehramt qualifiziert. Als Dummkopf wird man von früh bis Abend unterrichtet. Ich wurde über Buntmetallpreise unterrichtet, über Tanzschritte beim Knüppelschwingen, über die Feinheiten bei der Sperlingsmast und über die zweckmäßige Benutzung meiner Mund- und Augenwinkel. Auch die Kinder beschlossen eines Tages, mich aus meiner Versklavung durch Unterricht zu befreien.

„Es gibt einen Film“, sagte Anna-Mu, „da wurde ein armes, geschundenes Mädchen gerettet, weil es reden lernte. Sie übte und übte und übte und konnte dann sagen: *Es grünt so grün, wenn Spaniens Blüten blühen.* Sie heiratete einen Professor und fünf Dienstmädchen.“

„Aus einem Brüller, Grunzer und Stammler einen sprechenden Menschen machen, das ist eine große Sache“, sagte Miranda. „Wir bringen ihm bei, ordentliche Sätze zu sprechen. Wir brauchen einen Plan.“

„Und ein Ziel“, sagte Carlito.

„Ja, so ein Ziel wie im Film“, sagte Anna-Mu. „Das arme Mädchen, ich glaube sie hieß Eliza, sollte auf einem Fest mit Diplomaten und Königen nicht unangenehm auffallen.“

„So etwas Hohes fehlt hier in der Gegend, das gibt’s nur in Wien.“

„Aber wir haben hier das ‚Gasthaus zur Endstelle'. Was haltet ihr von einem Essen im Freisitz?"
„Ja. Wenn er dort nicht auffällt, haben wir es geschafft."
„Oh, ja! Wenn er brav am Tisch sitzt und leise plaudert und höflich etwas bestellt, dann ist er wie alle."
„Wir putzen den Kahlen Baba heraus und bringen ihm Benimm bei."
„Ich werde ihn frisieren", schlug Anna-Mu vor. „Man könnte sehr gut die langen Haare über die Glatze legen und dann am Hinterkopf zusammenbinden."
„Ich bringe ihm bei, ordentlich mit Messer und Gabel zu essen", versprach Elle Endstelle. „Er schiebt die Pellkartoffeln immer mit dem Messer in den Mund."
„Sprachunterricht ist das Wichtigste", sagte Miranda. „Wir machen es wie im Film. Wir pauken ihm einfache Sprüche ein. Das hat doch funktioniert. Warum sollen wir was Neues erfinden?"
Beschlossen, verkündet, der Unterricht begann.
„Es grünt so grün", formte Lehrerin Miranda deutlich Wort für Wort, „wenn Spaniens Blüten blühen. Sprich, Baba, ganz langsam ‚Es grünt ...'"
„Grunz. Blödgrün."
„Warum, Schüler Baba, ist das Grün blöd?"
„Blüten rot, gelb, blau, nix grün. Grünblüte Blödblüte. Grunz."
„Versuchen wir etwas anderes. ‚Vom schwarzen Moos verschimmelt und verkrustet stehn Blumentöpfe dicht an dicht.'"
„Dreckzeug schrubben! Nicht dumm schwatzen!"
„Ach, Baba, wie soll ich es dir erklären? Gute Sprache ist ein unermesslicher Schatz, ein Schatz, der nicht in einem

Keller liegt oder einer Bibliothek, den Schatz kannst du in deinem Kopf immer bei dir haben ... Ach, könnte ich dir das doch erklären wie der Professor im Film.“

„Baba dir erklärt: Stark still, schwach schwatzt. Schule aus. Baba stark.“

Ich durfte nicht nachgeben. Ich verdrückte mich mit Bäumchen in die Wildnis. Das Hündchen mit der weißen Pfote, Turnschuh genannt, tapste hinter uns her. Ich nahm das Kind auf die Schultern. Den Kopf über dem stachligen Grün trällerte Bäumchen selbst gedichtete Lieder. Dabei ahmte sie gekonnt meine verkürzte Sprechweise nach.

„Bäumchen starkes Baum.
Bäumchen wild.
Bäumchen schmeißen hoch
böses X-Bein.“

Ich grunzte Bässe in ihre Melodie, das Hündchen kläffte hohe Töne, die Vögel übernahmen die Chorbegleitung, die Kaninchen waren das Publikum und rannten davon.

22. Kapitel
Miranda fliegt und stürzt ab

Das war ein Sommer. *Das wunderbare Geheimnis der drei Frauen* war aus dem Ei gekrochen und gedieh prächtig. Wir gruben unter dem „Klinkergebirge“ einen verschütteten Gang frei, der in ein Labyrinth führte, aus Gewölben, Kammern und unterirdischen Wasserbecken. Dort waren wir auf Schatzsuche, wenn es draußen zu heiß war. Wir hackten hundert Meter überwucherten Schienenstrang frei, auf dem wir dann mit einer Draisine hin und her rasten. Doch unser größtes Vergnügen blieben die Angriffe und Belagerungen der Festung „Kopfstand“. Die Kinder gruben sich unter der Blechwand durch und fesselten mich ans Bett. Zu einer streng verbotenen Zeit, nämlich zu Bäumchens Schlafenszeit, schoben mir die Großen krabbelndes Getier durch die Lüftungslöcher. Es gab Schlachten mit grünen Pflaumen und kleinen, harten Holzäpfeln. Die jungen Hunde wirbelten dazwischen herum, sprangen in die Höhe und schnappten nach den Wurfgeschossen. Und dann gab es nach einem ergiebigen Sommerregen eine große Schlammschlacht. Bäumchens Schlachtruf gab ihr den Namen: „Ratze-batze auf die Glatze!“

Doch immer, wenn man so sommersatt im Glück sitzt, darauf, Kinder, könnt ihr euch verlassen, ist das nächste Gewitter nicht fern. Und es kam heran. Blitze schlugen ein und ein Sturm wirbelte alle klugen Pläne durcheinander. Nun ist das Wort *Sturm* gefallen, auf das eure Eltern schon lange warten. Ich werde euch, Kinder, die Sache mit dem *Sturm* später erklären.

Vor einem Gewitter ist es immer still. Die Luft steht und kein Blatt bewegt sich. Still war es auch in der Hütte, als Carlito hochprozentiges Zeug auf Babarinas Rücken rieb. Neben ihm kniete Miranda, die Flasche in der Hand und schüttete ab und zu ein paar Spritzer Pflaumenschnaps auf das Tuch, mit dem Carlito kräftig rieb. Babarina knurrte behaglich. Turnschuh versuchte, mit seiner schwarzen und seiner weißen Pfote den wedelnden Schwanz der Hündin zu fangen.
Miranda krauste die Nase. Sie ekelte sich vor dieser Hundemedizin. Aber die Lust, sich saublöd zu benehmen, war unbezwingbar. Sie lachte kurz auf und ohne Erklärung nahm sie einen großen Schluck Pflaumenschnaps. Sie quiekte, schüttelte sich, schlug mit der Stirn gegen Carlitos Schulter, keuchte und hustete.
„Hilfe! Carlito! Rette mich! Ich sterbe!"
Miranda riss den Mund auf, hechelte, zog Grimassen. Carlito sah ihr zu. Sein Gesicht war ihrem sehr nahe. Begeisterung funkelte in seinen dunklen Augen.
„Los! Hier! Du auch!"
Miranda drückte Carlito die Flasche an die Lippen.
Wie soll ich euch, Kinder, das erklären. Sie haben wirklich nicht viel von dem Zeug getrunken. Jeder hat nur einen einzigen Schluck, wenn auch einen großen Schluck, genommen. Die Wirkung aber war mächtig. Mädchen und Jungen in diesem Alter sind sowieso immer ein wenig beschwipst, und wenn dann auch noch Sommer ist und sie an einem guten Ort sind und dann auch noch verliebt, sind sie auch ohne Chemikalien im Nervenzentrum berauscht. Mit einem großen Schluck Hundemedizin verstärkt, wird das zum Vollrausch.

Miranda und Carlito hatte dieser Rausch in eine Höhe geschleudert, in der es kein Halten mehr gab. Sie stürmten aus der Hütte. Auf dem Platz davor wollte Carlito mit seiner Sportlichkeit angeben und lief auf den Händen im Kreis herum. Miranda wollte es auch probieren. Daraus wurde aber nur ein schiefer Purzelbaum. Sie saß kichernd im Staub und zog, nicht sehr verlegen, ihr Kleid über die Knie. Dann rannten die zwei trunkenen Kinder den Pfad entlang bis zum Klinkerberg. Sie kletterten auf den unvollendeten Aussichtsturm und versuchten, den Bau durch Springen und Schaukeln einzustürzen. Zum Glück falteten sich die schweren Paletten unter Kreischen der rostigen Nägel nur langsam zusammen, sodass die Kinder unverletzt aus dem Bretterhaufen klettern konnten. Miranda hüpfte, sich selbst Beifall klatschend, um den zerstörten Turm und trällerte:

„Hat's fein gemacht,
hat's fein gemacht,
drum wird sie auch
nicht ausgelacht ...“

Sie fasste Carlitos Hand und zog ihn mit sich. Sie zog Carlito zu dem Versteck unter den Arkaden. Carlito hakte Bäumchens Himmelbett an die vier Seile. Miranda kletterte hinein. Sie kniete auf den Kissen, umklammerte mit ausgestreckten Armen die Seile und ließ den Kopf nach hinten hängen, dass ihr Haar auf die Füße fiel. Sie jubelte viele Is und Us hinauf zur Brücke ins Jenseits. Carlito drehte die Karre. Miranda ließ die Seile los und hielt sich am Blechrand fest. Carlito drehte und drehte, bis die Seile so straff aufgewickelt waren, dass es nicht weiterging. Dann sprang er in die gepolsterte Blechkiste zu Miranda hinein. Sie knieten einander gegenüber. Das, was sie den „Wirbel" nannten, begann langsam, steigerte sich und summte wie ein Kreisel. Sie klammerten sich fester an das Blech der Karre. Die Seile wickelten sich auf, schneller und schneller. Um die beiden rasten die Säulen, die Wände, die blühenden Büsche, die Arkaden. Zum Liebesschwindel kam der Schnapsschwindel und dazu noch der Karussellschwindel.

„Mehr, mehr, mehr! Danach kommt noch mehr. Ich will das Nochmehr! Ich will das Danach ..."

Ganz gleich was passiert. Es geht gar nicht anders, als dass es über alle Grenzen gehen muss. Miranda und Carlito lösten die Hände vom Blech, fassten gegenseitig ihre Gesichter und küssten sich.

Ähnlich wie bei Rose und Baba führte die erste innige Berührung zu Verformungen im Antlitz. Nach dem ersten richtigen Kuss ihres Lebens und dem darauf folgenden Sturz aus Bäumchens Himmelbett schwoll die Oberlippe Mirandas etwa zu der Größe eines Tennisballs. Carlitos Nase übertraf nun an Farbe und Umfang Babas geschundenes Riechorgan.

23. Kapitel
Rückzug mit dicker Lippe

Wie ihr wisst, Kinder, kommt nach einem heftigen Rausch mit Sicherheit ein Kater. Es war ein großer, schwarzer Kater, der Miranda heimsuchte. Himmel, war das peinlich! Und alles Peinliche ist ja mit vierzehn unendlich viel peinlicher, als es wirklich peinlich ist. Besoffen durch die Gegend taumeln, Kopfstand im Kleid, johlen wie ein Affe, irgendwas kaputt machen, herumwirbeln, drauflos knutschen und sich dann verletzt im Dreck wälzen, wie soll man das erklären? Man konnte es nicht erklären. Es war auch nicht zu entschuldigen. Einfach vor Scham in der Erde versinken konnte man auch nicht. In der Schule wird man sie nur noch *Miranda mit der dicken Lippe* nennen. Wenn sie erwachsen und eine junge Frau sein würde und mal ein Glas Wein tränke, dann würden alle wispern: „Seht, jetzt säuft sie wieder. Sie hat ja schon als Kind gesoffen. Gleich wird sie mit dem Knutschen anfangen und sich dann im Dreck wälzen." Ja, so ein schlimmer Kater hat eine lebhafte Fantasie.

Miranda mit der dicken Lippe versteckte sich in ihrem Zimmer. Der Kater wurde kleiner und kleiner und verschwand. Was übrig blieb, das war was zum Träumen. Schmerzen hatte sie nur, wenn sie beim Träumen lächeln musste. Sie musste sehr oft lächeln. Nur Anna-Mu durfte sie besuchen. Mit der besten Freundin so ein Ereignis ausführlich zu besprechen, ist beinahe mehr als das Ereignis selbst.

Langsam schwoll die Oberlippe ab. Miranda bereitete sich auf die Rückkehr in die Wildnis vor. Sie hielt zäh am Sprachunterricht für den stammelnden Unhold fest. In ihrem freiwilligen Stubenarrest wollte sie aus ihren Büchern Sprüche, Abzählreime, Liedzeilen für ganz kleine Kinder aussuchen, um sie dem schwierigen Schüler später einzubläuen. Zum Beispiel: *Himpelchen und Pimpelchen saßen auf einem Berg* ... oder *Auf der grünen Wiese steht ein Gockelhahn* ... oder *Spannenlanger Hansel, nudeldicke Dirn* ...

Der Teppich ihres Zimmers war mit einer dicken Schicht von Büchern bedeckt und Miranda wühlte darin wie ein Wildschwein im Eichenlaub. Sie nahm Buch für Buch in die Hand. Sie blätterte, las ein paar Sätze, klappte es zu und legte es weg. Sie hatte gerade ein Buch zur Seite gelegt und nach dem nächsten gegriffen, da hielt sie plötzlich inne. Sie starrte vor sich hin. Ihre Augen hatten etwas gestreift, was nicht stimmen konnte. Sie wusste nicht, was das war. Es war etwas tief Vertrautes, das da nicht hingehörte. Sie nahm das zur Seite gelegte Buch wieder auf, drehte es in der Hand hin und her. Sie blätterte. Es gab keine Bilder. Sie klappte das Buch zu. Der Schutzumschlag verrutschte. Auf dem inneren schmalen Streifen des Umschlags war ein Gesicht. Das war es, was nicht stimmen konnte. Groß und deutlich und in Farbe lächelte der „Kahle Baba Kinderschreck" ihr entgegen. Obwohl auf dem Foto die langen Haare brav und sorgsam über den kahlen Schädel verteilt waren, gab es keinen Zweifel. Der Kahle Baba, der invenyle Kinderbeiß, war ein Schriftsteller, ein Kinderbuchschreiber.

So ein blöder Zufall. Eines der jämmerlich wenigen verkauften Bücher war ausgerechnet in Mirandas Bücherregal gelandet.

Nach der ersten Verwirrung kam die Wut. Miranda war tief gekränkt. Man hatte sie belogen, das war gemein. Aber noch schlimmer war, dass sie sich lächerlich gemacht hatte. „Es grünt so grün, wenn Spaniens Blüten blühen“, schrie sie. „Ist das peinlich!“

Miranda war wütend, aber sie war keine dumme Gans. Sie dachte nach. Sie suchte nach einer vernünftigen Erklärung. Warum verstellte sich der Kerl? Warum machte er weniger aus sich, als er war? Sie ging die möglichen Gründe im Kopf durch: Es könnte doch sein, dass ... Der Schriftsteller will ein Buch über Obdachlose schreiben und hat sich so als „Kahler Baba“ in ihr Vertrauen geschlichen? Oder: Die drei Frauen planen eine böse Tat und der Kahle Baba will sie daran hindern. Oder: Die drei Frauen zwingen den Kahlen Baba, sich so zu verstellen. Sie erpressen ihn und beuten ihn aus. Oder: Und nun näherten sich die Gedanken des klugen Kindes der Wahrheit. Auch die Frauen verstellen sich und die vier gehören zusammen und das Graubrot gehört dazu. Aber warum, warum?

Ist es etwas Kriminelles, ist das eine Verbrecherbande? Nein, der Kahle Baba lügt, aber er ist kein Verbrecher. Er ist gutmütig bis zur Peinlichkeit. Also, mehrere Leute müssen sich heimlich über längere Zeit an einem Ort aufhalten, um eine Aufgabe zu erfüllen. Es könnten Archäologen sein, und sie graben etwas so Kostbares aus, dass strengste Geheimhaltung sein muss.

So dachte Miranda und beruhigte sich etwas. Doch nun stellte sich die Frage: Wie weiter? Was sollte sie tun? Sie musste doch irgendwann das Zimmer verlassen? Eines war sicher: Sie musste zuerst einmal schweigen. Sie musste den Kahlen Baba unter vier Augen treffen und ihm sein Bild vor die Nase halten.

24. Kapitel
Miranda und Tok-Tok

So kam es.

„Das ist gemein!“, schluchzte Miranda. „Man darf Kinder nicht so belügen. Ich habe mich lächerlich gemacht. *Es grünt so grün, wenn Spaniens Blüten blühen.* Ich schäme mich vor mir selbst. Ich will dich nie wieder sehen. Und ich werde dir nie verzeihen.“

Ich führte mit gesenktem Kopf die zornige Miranda zur Sperlingsbank, auf der Tok-Tok saß. Mir war unsäglich elend zumute. Wortlos reichte ich Tok-Tok das verräterische Buch, wortlos zeigte Tok-Tok auf die Bank neben sich. Miranda setzte sich. Wortlos drehte ich mich um und trottete zurück zum „Kopfstand“.

„Ich, mein Kind, ich habe den Kahlen Baba zur Lüge gezwungen“, sagte leise Tok-Tok. Sie hatte ihr Kinn auf die Hände gestützt, die auf dem Stock lagen. „Dort oben hinter den Vorhängen ist ein Labor. Wir sind Wissenschaftlerinnen. Der Kahle Baba hilft uns ...“

Tok-Tok und Miranda haben wohl einige Stunden miteinander gesprochen. Ein paar Mal habe ich von Weitem nachgesehen, ob ich endlich Tok-Tok allein antreffen könnte. An der Haltung der beiden Frauen konnte ich sehen, dass diese Begegnung ein großes, ernstes Ereignis war. Könnte es sein, dass ein Fast-noch-Kind, ein so junges Mädchen, noch vor mir in das ganze wunderbare Geheimnis eingeweiht wurde? Ich wollte schon beleidigt sein, doch da versetzte ich mich in Tok-Toks Lage. Sie hatte keine andere Wahl. Wie anders konnte sie, so kurz vor dem

Erfolg, das Geheimnis bewahren? Sie hatte einige Macht in ihrem Herrscherstock, doch sie konnte nicht wie Hermes, der Götterbote, mit Hilfe eines Stockes das Gedächtnis der Menschen auslöschen. Aber ist es erlaubt, auf so junge, schmale Schultern eine so ungeheure Last zu legen? Ich erinnerte mich an Tok-Toks behutsame Beschreibung dieser Last. Das Gespräch damals ging etwa so:

„Wer das Wunder besitzt, den stärkt es maßlos. Es zerstört die Balance im großen Machtspiel. Unsere Gegenspieler befinden sich auf der Königsebene. Sie sind unbesiegbar. Wir haben nur die vorgetäuschte Harmlosigkeit. Wenn wir siegen, wird niemand es erfahren. Dann werden wir nicht reich und nicht berühmt. Wir werden nur froh."

„Und verlieren wir?", hatte ich gefragt.

„Dann werden wir in aller Stille verschwinden, nicht beweint und ohne ehrendes Gedenken. So geht das Spiel."

„Ich habe mich für diese Höhe des Spiels nicht entschieden", hatte ich geflüstert.

„Ich auch nicht", hatte sie geantwortet.

„Ich fürchte, ich bin nicht gut darauf vorbereitet."

„Ich auch nicht."

„Wie konnte es geschehen?"

„Wir sind hineingeraten."

Nach diesem Gespräch hatte ich damals eine Last auf den Schultern gespürt, die über meine Kräfte ging. Und dort auf der Bank lud jetzt Tok-Tok einem vierzehnjährigen Mädchen dieses Gewicht auf?

Während ich noch so schwerwiegende Fragen stellte, geschah etwas sehr Heiteres, sehr Leichtes auf der Sperlingsbank. Tok-Tok reichte Miranda das Sperlingsfutter. Miranda streute Krümel und starrte gespannt auf die Vögel.

Dann drehte sie sich heftig zur ehrwürdigen Tok-Tok und schlang die Arme um diese wunderbare alte Dame. Den Leitspruch meiner Zeit im Eulengrund musste ich nun abwandeln:

Vier schöne Frauen
hüten ein wunderbares Geheimnis,
nach dem ich nicht fragen darf.

25. Kapitel
Tok-Tok verschwindet spurlos und Rose füttert Sperlinge

In der *Grünen Wolke auf der offenen Hand* wuchs der junge Wundervogel heran. So wie dieses Küken gedieh, genauso schwand Tok-Tok langsam dahin. Glüh trug die alte Dame wie ein Kleinkind auf den Armen zwischen dem Bett und der Sperlingsbank hin und her.
Mirandas Ausbildung war wohl das letzte Geschenk, das diese große Lehrerin vor ihrem Abschied hinterließ. Ganz leise, mit dem wenigen Atem sparend, sprach sie mit dem Mädchen. Wir anderen schwiegen. Wir behüteten mit äußerster Sorgfalt die letzte Arbeit Tok-Toks.
Bei der Beerdigung hatte ich die Aufgabe, jegliche Möglichkeit auszuschließen, dass Uneingeweihte sich anschleichen konnten. Tok-Toks Grab musste unauffindbar sein. Von fern hörte ich Gesänge. Später sah ich Rose, Glüh und Miranda in langen Gewändern mit Blumenkränzen im Haar. Das Heilige Graubrot hatte die Mönchskapuze über das Gesicht heruntergezogen, sodass nur der weiße Bart zu sehen war. Und vom Bart tropfte es wie tauender Schnee vom Strohdach im Frühling.

Rose saß auf Tok-Toks Platz und fütterte Vögel. Der berühmte Stock lehnte an ihrem Knie.
„Setz dich, Baba! Rück heran! Was ich dir zu sagen habe, muss ich leise sagen."
Glüh trat mit verweintem Mondgesicht aus der Tür. Rose sah zu ihr hin. Glüh nickte, drehte um und verschwand wieder.

„Tok-Tok ...“, Rose schluckte. „Tok-Tok ging doch sehr sorgsam mit der Zeit um.“
„Ja. ‚Aetas volat‘, die Zeit entflieht, gehörte zu ihren Lieblingssprüchen.“
„Und womit hat sie die meiste Zeit verbracht?“
„Sie hat Sperlinge gefüttert.“
„Irgendwie passt das doch nicht so recht?“
„Nein, es passt nicht.“
„Doch, es passt.“
Rose zerbröckelte Brot und warf es mit der gleichen Geste vor sich hin, wie sie es so oft bei Tok-Tok gesehen hatte.
„Bist du gefasst?“
„Ja.“
„Stell dir vor, Baba, in deiner Hand liegt aufgeschlagen ein uraltes, dickes Märchenbuch. Plötzlich kriecht aus dem Buch ein Zauberwesen. Es fliegt dir auf die Schulter und flüstert in dein Ohr: ‚Es gibt mich wirklich.‘“
„Wo ist dieses Zauberwesen?“
„Vor unseren Füßen.“
„Vor unseren Füßen sind Sperlinge.“
„Nicht nur.“
„Aber ich sehe vor uns nur Spatzen, die Brotstückchen picken.“
„Weil deine Augen noch nicht geübt sind.“
Rose streute wieder eine Handvoll Krumen in weitem Bogen vor sich hin. Die Sperlinge, belebt und zanklustig, machten sich darüber her. In ihrer Mitte tobte der Bojar.
„Jetzt gib acht.“
„Sperlinge, nur Sperlinge sind zu sehen. Und die sind ganz normal.“
„Sieh nicht auf die Spatzen, betrachte nur die Brotkrumen.“

Ich beugte mich gespannt nach vorn. Dann zuckte ich zurück. Ich traute meinen Augen nicht. Dann flüsterte ich erregt: „Zauberei."

„Keine Zauberei. Ein Wunder schon. Ein Wunderwerk der Natur."

„Etwas, das nicht zu sehen ist, frisst Brotkrumen."

„Das ETWAS ist eine Taubenart. Tok-Tok hatte diese Taube *Arieltaube* genannt, nach dem Luftgeist aus der Sagenwelt."

„Ist das überirdisch? Ist das der Geist einer Taube? Ist das eine Geistererscheinung?"

„Es sind gewöhnliche Vögel aus Fleisch und Blut. Nur ihr Gefieder ist äußerst ungewöhnlich. Die Federn brechen Lichtstrahlen. Sie brechen das Licht so kompliziert, dass die Strahlen um die kleinen Körper wandern und zum Hintergrund führen. Wir sehen also das, was hinter der Taube ist. So täuschen diese Tiere die Augen der Jäger. Die Natur hat unglaubliche Tarn- und Täuschungsformen herausgebildet. Die *Arieltaube* zählt wohl zu den höchsten dieser Formen."

„Das ist märchenhaft."

„Das ist, sagt dir eine kühl denkende Wissenschaftlerin, ein höchst entwickeltes, doch den irdischen Gesetzen der Optik gehorchendes Phänomen."

„Und es ist ein Menschheitstraum", stammelte ich.

„Ja, die Tarnkappe ist ein Hauptmotiv vieler Märchen und Legenden. Sich unsichtbar machen, verschwinden und da sein, das konnten bisher nur die Götter."

„Es ist ein Traum aller Kinder", sagte ich berauscht.

„Es ist der Traum aller Diebe, der Traum aller Spione", sagte Rose nüchtern. Sie sah mich prüfend an, ob ich denn

wirklich erfasste, was es bedeutete, wenn das Gefieder der Arieltaube enträtselt und nachgebaut werden könnte.
„Es ist der Traum aller Waffenerfinder", ergänzte sie. Dann schwiegen wir lange.

„Tok-Tok hat dir von ihrer Arbeit im Regenwald Afrikas erzählt, von ihrer Zeit in der asiatischen Wüste Gobi und vom Misserfolg im Hochgebirge Nepals. Tok-Tok verschwieg, wie sie die Spur der Wundervögel, die nomadisierend um den ganzen Planeten zogen, hier im Eulengrund wiederfand. Spechts Geistergeschichten haben uns hierher geführt."
„So ein kleiner Dieb spielt eine so große Rolle."
„So ist es. Tok-Tok hatte nur eine Möglichkeit, die Spur der unsichtbaren Vögel immer wieder zu finden. Sie sammelte alle Gerüchte über aktuelle Geistererscheinungen. Tausende Hirngespinste in hunderten Sprachen mussten aufgespürt, gesammelt, gefiltert und schließlich durch Reisen geprüft werden.
In der Paarungszeit locken die männlichen Tauben, die Täuberiche, mit einem lang gezogenen U-Laut, mit ‚Huhu!' Die Tauben locken mit einem mädchenhaften Kichern: ‚Hihi!' Specht hat das ‚Huhu!' eines Täuberichs gehört und nichts gesehen, da hat er den Geist vom Eisenkönig Pross dazugedichtet. Später hörte er das ‚Hihi!' der Tauben und sah wohl auch die Seile ohne Wind schaukeln. Er spürte den Hauch der Flügel und dichtete das Geistertelefon dazu. Vielleicht ist die Arieltaube so seit Urzeiten die Muse vieler Gespenstergeschichten. Der Kupferspecht erzählte in der ‚Endstelle' seine Geschichten vom Geistertelefon und vom Eisenkönig Pross im Nachthemd. Gäste erzählten

sie weiter. Gute Geschichten, und das ‚Geistertelefon' ist eine gute Geschichte, bewegen sich in großer Geschwindigkeit. Das ‚Geistertelefon' wurde in einer Zeitschrift des ‚Vereins zur Erforschung übersinnlicher Phänomene' gedruckt. Dort stieß Tok-Tok auf die Spur in den Eulengrund. Was danach kam, das hast du ja miterlebt."

„Als ich damals, bei meiner Ankunft im Eulengrund, Tok-Tok das erste Mal sah, dachte ich an Gemälde alter Meister. Später dachte ich, dass sie vielleicht vor ihrer Zeit als Wissenschaftlerin eine Art Komtess gewesen sein könnte oder eine Gräfin."

Rose lächelte vor sich hin.

„Komtessen und Gräfinnen, du lieber Narr, waren einst ihre Kammerzofen."

Kein Blumenstrauß wird je auf dem Grab dieser wunderbaren Frau niedergelegt werden. Nur vier verschwiegene Menschen kennen den Ort. Und im Gewölbe unter einer berühmten Kirche wird in der langen Reihe majestätischer Sarkophage eine Lücke sein. Die ehrwürdige Tok-Tok braucht keinen königlichen Sarg, sie wird in der Liebe der Menschen eine unvergängliche Wohnung erhalten.

Nehmt, Kinder, ein Bild mit aus dieser Geschichte: Eine alte Frau sitzt auf der Bank und füttert Vögel. Plötzlich kommt ein Sturm auf und mit Donner und Blitz rollt ein Streitwagen durch die Wolken. Mars, der Gott des Krieges, jagt über den Himmel und sucht die Erde nach einem sterblichen Weibe ab. Denn ein sterbliches Weib, so wurde ihm prophezeit, wird ihn überlisten. Der Kriegsgott sieht unter sich die alte Vogelfrau. Aber er beachtet sie nicht. Weil er nichts beachtet, was arm ist und was schwach ist,

was Mitleid erregt oder Mitleid schenkt. Er rast vorüber und speit verächtlich in den Wind.
Die alte Frau lächelt, denn nun ist der Beweis in der Welt, dass es Mittel gibt, unermesslich starke Gegner, die als unbesiegbar gelten, in aller Stille friedlich zu besiegen.
Tok! Tok! Bis zur Erde verneige ich mich.

26. Kapitel
Zwei schüchterne Männer auf dem Mädchenstein

Einige Jahre später besuchte ich den Eulengrund. Am Tor leuchtete ein neues Schild über den verwitterten alten.
„Achtung Lebensgefahr! Betreten verboten! Freilaufende Hunde! Übungsgelände der Hundestaffel der Hochherzigen Brüder e.V. In diesen Trümmern werden Rettungshunde für Erdbebenkatastrophen ausgebildet.“
Der Zaun war auch neu, aber nicht übertrieben abschreckend. Ich suchte eine Stelle, die vom Tor aus nicht zu sehen war, und stieg über den Zaun. Ungestört hatte sich die grüne Schutzhülle erhöht und verdichtet. Mit Mühe fand ich den Pfad zum Betriebsbahnhof. Das Dach war nach innen eingestürzt und dort, wo einst die drei Betten der Frauen standen, da standen nun kleine krumme Birken. Meine Blechhütte, der Abrollcontainer, war kaum noch zu sehen. Er war von den Kletterpflanzen überwuchert und versteckt. Der Eulenschlot war eingestürzt. Von den Jahren unberührt aber war der Mädchenstein. Dort setzte ich mich auf den wohlig aufgeheizten Beton und wartete. Ich träumte mich acht Jahre zurück.
Hundegebell schreckte mich auf. Die Vorderpfoten auf der Betonplatte, kamen mir zwei Hunde sehr nah und machten Krach. Ich starrte auf die Hundepfoten.
„Turnschuh!“, rief ich.
Einer der Hunde verstummte, reckte mir den Kopf entgegen, und die feuchte, schwarze Nase bewegte sich.
„Turnschuh, was ist das?“, sagte ich erstaunt. „Du hast eine graue Schnauze.“

Der alte Hund hielt den Kopf schief. Zu der Nase bewegten sich jetzt auch die Ohren. Er rutschte vom Stein, ging ein paar Schritte zurück und legte sich hin. Er bellte kurz, wedelte kurz. Dann legte er die graue Schnauze auf seine weiße Pfote und schloss die Augen. Es war zu viel für den Alten. Es ging über seine Kraft. Er war erschöpft.
Von Weitem hörte ich Kinder. Die Hunde wurden gerufen. Dann wurde gelacht und erzählt. Plötzlich war zwischen den hellen Stimmen der Kinder ein tiefer Ton. Ein Mann und ein Mädchen sprachen sehr vertraut miteinander. Dann wurden die Zweige auseinandergeschoben und ein junger Mann betrat die Kieskuhle. Turnschuh erhob sich und wedelte heftig, der andere Hund sprang vor Freude herum. Der junge Mann tätschelte die Hundeköpfe. Ein energischer Pfiff beendete die Begrüßung und die Hunde hasteten davon.
Der junge Mann war Carlos, früher einmal Carlito. Er stieg auf den Mädchenstein und setzte sich zu mir. Wir hatten uns hier verabredet.
„Hast du den Pfiff gehört?"
„Ja."
„Das war die Anführerin einer Kinderbande. Du kennst sie."
„Bäumchen?"
„Ja."
„Bäumchen müsste jetzt dreizehn sein. Hast du ihr gesagt, mit wem du dich triffst?"
„Nein. Sie spricht manchmal von dir. Sie erinnert sich an einen wunderbaren Märchenriesen mit Zauberkräften."
„Eine geheimnisvolle Werkstatt ist das Gedächtnis. Ich glaube, man sollte da nicht plump hineinpfuschen."
„Ja, da sollten wir nichts kaputt machen."
Ich war erleichtert und hatte trotzdem ein seltsames Zie-

hen im Herzen. Wie viel von dem Bäumchen von damals war noch zu erkennen? Hatte sie noch diesen ruhigen Blick? Wie war ihr Schlaf? Hatte sie noch ihre Wutanfälle? Hat sie sich abgewöhnt, die Stirn so zu krausen? Ich musste mich ablenken.
„Turnschuh hat eine graue Schnauze?“, sagte ich leise und betrachtete den dunklen Schimmer auf Carlos’ sorgfältig rasiertem Kinn und seinen Wangen.
„Von den drei Welpen aus dem ‚Kopfstand‘ ist nur Turnschuh noch da. Der andere Hund stammt aber auch von Babarina. Es wird wohl ein Urenkel sein.“
Nach kurzem Schweigen seufzte Carlos.
„Miranda ist verschwunden.“
Und was er mir dann erzählte, glich meiner alten Studentengeschichte mit Rosalinde. Die hochbegabte und schöne Studentin Miranda war über Nacht spurlos aus der Universität, aus dem Studentenwohnheim und aus der Bindung zu Carlos verschwunden. Und für Carlos war nun selbst ein überfüllter Hörsaal leer. Auf seine Fragen antworteten die Ämter und Behörden formelhaft: Alle Ab- und Ummeldungen wären korrekt erfolgt. Jede Frau hätte das Recht, sich vor der Aufdringlichkeit verlassener Partner zu schützen und spurlos zu verschwinden. Bitte belästigen Sie uns nicht mehr mit Ihren Anfragen. Punkt.
Wie gern hätte ich nun die Rolle gespielt, die damals das Heilige Graubrot in meinem Fall gespielt hatte. Wie gern hätte ich Carlos an die Hand genommen und gesagt: „Ich führe dich zu ihr.“
Aber es war noch zu früh. So holte ich die tröstlichen Gedanken aus meiner Zeit des Wartens hervor und bot sie Carlos an.

27. Kapitel
In der Ferne ein Krokodil

Heute, nach vielen Jahren, darf ich über das Geheimnis schreiben. Orte und Personen aber dürfen auch so lange nach meinem Erlebnis im Eulengrund nicht bekannt werden. Die Namen, die ich finden musste, um die Spur zu verwischen, habe ich aus einer alten Geschichte. Die Geschichte heißt „The Tempest", also „Der Sturm". Ein Engländer, der auf Deutsch „Schüttelspeer" heißt, hat sie erfunden. Die Namen habe ich etwas abgewandelt, aber versucht, ihren Klang zu bewahren. Aus der Hexe Sycorax habe ich „Cora X-Bein" gemacht, aus Caliban wurde der „Kahle Baba", aus Prospero wurde „Pross und Co", aus dem Luftgeist Ariel wurde die Arieltaube, aus Trinculo und Stephano wurden der Specht und der Wirt und so weiter. Nur den Namen Miranda, das heißt „die Bewunderte", habe ich, so schön wie er war, unverändert übernommen. Ich habe sogar einige Sätze aus dem Meisterwerk in meine Erzählung gebaut. Das sind die berühmten Sätze: „Wie schön der Mensch ist! Schöne neue Welt", sowie „Und von seinem weißen Bart tropfte es wie im Frühling der tauende Schnee vom Strohdach." Auch das Lied „Ka, Ka, Kahler Baba hat einen neuen Herrn" habe ich vom großen Schüttelspeer. Das ist erlaubt, wenn man es nicht verheimlicht, und wenn es nicht mehr sein will als eine Verneigung vor dem alten Meister.

So wie ich alle Spuren zu dem Geschehen im Eulengrund verwischen musste, so muss ich die spätere Arbeit der Wissenschaftlerinnen verheimlichen. Doch seid getrost,

Kinder, der Wundervogel stirbt nicht aus. Die unsichtbaren Tauben brüten und wechseln sich ab auf dem kostbaren Ei.

Es könnte doch sein, dass ihr, Kinder, durch einen Zufall am Ende der Welt auf eine lange Mauer stoßt. Die Mauer ist alt und hoch und Eidechsen huschen über die heißen Steine. Ihr bleibt stehen und lauscht. Ihr hört Geräusche, die aus einem verwunschenen Garten herüberwehen. Ihr geht am Gemäuer entlang und sucht nach einem Tor. Ihr findet das Tor. Doch welche Enttäuschung. Es gibt keine Klingel, keinen Briefkasten und kein Namensschild. Es gibt nur eine Stahlwand ohne Ritzen und ohne Schlüsselloch. Doch da, Klick!, kaum hörbar, als würde eine Puderdose geöffnet. Das gewaltige Tor rollt geräuschlos, so weich wie auf Watte, zur Seite. Nun, Augen auf, Kinder, ihr habt nicht viel Zeit.
Ihr seht einen Palast mit einer marmornen Treppe. Davor wartet eine gepanzerte Limousine. Über der Treppe öffnen sich die Flügel einer hohen Tür. Eine blendend schöne Dame, edel gewandet, kostbarer Schmuck an Hals, Händen und Ohren, tritt aus der Tür. Auffällig ist eine dunkle Brille. Diese Dame wird in der Gegend „Das Krokodil“ genannt. Um die schönen Lippen spielt ein Lächeln: höchste Intelligenz vereint mit tiefster Bosheit, versüßt durch eine Prise Traurigkeit. Flüsternd behaupten die Bauern der Umgebung, dass hinter der dunklen Brille grausame Krokodilaugen seien.
Jetzt steht die Schönheit in der Tür, wirft ungeduldig den Kopf nach hinten und ruft etwas. Es erscheint ein bezaubernd liebliches Dienstmädchen und legt den Hauch eines

Schals um die Schultern seiner Herrin. Die aber reißt den Schal herab und schlägt mit dem Handrücken dem Mädchen derb ins Gesicht. Die Geschlagene bedeckt Mund und Nase mit einer Hand, hebt den Schal auf und eilt zurück in den Palast.

Diesen abstoßenden – beachtet das Wort – Vorgang sieht der junge Fahrer der Limousine und zuckt kaum merklich zusammen. Der Fahrer hat blauschwarzes Haar und ist etwa im selben Alter wie das Dienstmädchen. Ein alter, weißbärtiger Gärtner, in einem Rosenbeet kniend, hebt den Kopf. Das Verhalten der schönen Dame, zweifellos die Herrin des Palastes, scheint ihm so selbstverständlich, dass weder Empörung noch Missbilligung auf dem Gesicht zu lesen sind.

Solange das Dienstmädchen den anderen Schal holt, habt ihr, Kinder, Zeit, euch etwas umzusehen. Ihr erkennt im Hintergrund zwischen dunklen Feigenbäumen ein luxuriöses Schwimmbecken, größer als ein Dorfteich. Das Gerücht sagt, dass darin noch nie ein Mensch geschwommen ist. Dort hält die reiche Dame ihre Lieblinge, ihre verwöhnten Haustiere. Das sind wohl ein Dutzend Krokodile. Sie füttert sie eigenhändig mit blutigen Fleischbatzen. Und jetzt, Kinder, die Augen auf. Seht euch das Schwimmbecken genauer an. Mitten aus dem trüben Wasser ragt ein Sprungturm empor, unerreichbar von Mensch und räuberischen Wildtieren. Oben auf der Plattform stehen gewaltige Kübel, aus denen üppig Sträucher wuchern. Die Pflanzen sehen von Weitem aus wie eine grüne Wolke. Die Plattform gleicht einer nach oben geöffneten Hand.

Jetzt entdeckt euer wacher Blick eine Gestalt, die sich in eine Mauernische neben dem Eingang drückt. Zweifellos der Bodyguard des *Krokodils*. Dieser Typ, ein Gorilla wie aus dem Bilderbuch, scheint sehr eitel zu sein. Seine Muskelbeulen werden von feinstem Stoff bedeckt. Das Jackett ist an der linken Seite prahlerisch ausgebeult. Jeder soll wohl schon von Weitem erkennen, dass dort eine großkalibrige Schusswaffe steckt. Der Gorilla lächelt abstoßend ein *falsches Lächeln*, abstoßend ist auch seine Frisur. Er hat sein langes Haar sorgsam über eine Glatze gelegt und am Hinterkopf zusammengebunden. Eure Augen heften sich auf die Beule im Jackett. Das ist verständlich, eine versteckte Waffe zieht die Blicke an. Doch ich wollte euch etwas Misstrauen lehren. Misstraut manchmal euren Augen. Es könnte doch sein, dass die Beule im Jackett nicht von einem Revolver herausgedrückt wird, sondern von einem zerfledderten, dicken Notizbuch stammt. Und vielleicht steht im Notizbuch diese Geschichte.

Ja, ja, Kinder, ihr habt ja recht. Es fehlen noch ein paar Sätze. Krokodile, Turm, grüne Wolke, abstoßendes Verhalten der schönen Frau, das Neugierige fernhält und die Gegenspieler täuscht, alles klar, alles verstanden. Aber wo sind die Kinder? Ohne Kinder legen Arieltauben kein Ei. In der Kälte des Reichtums sind doch Kinder äußerst unpassend? Doch in den Palästen des Südens gibt es verborgene, schattige Höfe, Patios. Dort sprudeln Springbrunnen, wachsen Palmen und leuchtende Bougainvillea klettert hinauf bis zu den Dachrinnen. An kühlen Mauern stehen Bänke. Auf diesen Bänken kann man nachdenklich Sperlinge füttern. Doch nicht gerade in diesem Moment. Denn dort tobt jetzt die Köchin des Hauses mit drei Kindern. Es sind Roses und Babas Kinder. Die Köchin hat ein fröhliches Mondgesicht.

Sie nimmt einen Besenstiel und hält ihn über den Kopf. An die Stange hängen sich links und rechts die Kinder. Dann stemmt die starke Frau die Stange mit den Kindern in die Höhe und dreht sich wie ein Karussell.
„Ich bin so glü…“, ruft sie. „Ich bin so glü…“
Die Kinder jubilieren nicht weniger glücklich und ihre Füße werden weit nach außen geschleudert.

Mehr für junge Leserinnen und Leser:

Lizzy Hollatko:
Der Sandengel
ISBN 978-3-7026-5860-1,
140 Seiten

Südafrika, Anfang der 1980er-Jahre: Rut und ihre drei Schwestern Liv, Fee und Emma leben mit ihrer Mutter Alva in einer Siedlung am Rand einer großen Stadt. Der Vater ist vor einigen Jahren ums Leben gekommen, die Mutter ist Malerin und schafft es seither nur knapp, die Familie mit ihren Einkünften über Wasser zu halten. Aufgrund ihrer Lebenssituation haben sie mit vielen Schwarzen mehr gemeinsam als mit der weißen Oberschicht. Trotzdem stehen sie – nur wegen ihrer Hautfarbe – gesellschaftlich über den Schwarzen. Dieses Menschenbild will Alva, die in Europa aufgewachsen ist, ihren Kindern nicht vermitteln. Aber wer sich in Südafrika zur Zeit der Apartheid mit Schwarzen solidarisiert, stößt schnell an die Grenzen der Toleranz.

„Behutsam und sehr poetisch setzt die in Südafrika geborene Autorin mit diesem Buch ein Zeichen für Respekt und Toleranz."
Buchkultur

Reinhardt Jung:
Bamberts Buch der verschollenen Geschichten
ISBN 978-3-7026-5696-6,
104 Seiten

Bambert ist klein gewachsen und führt ein zurückgezogenes Leben. Seine ganze Liebe gehört der Literatur: Er ist nicht nur sehr belesen, sondern auch ein großer Dichter. Das weiß aber nur er selbst, weil noch niemand seine Geschichten lesen durfte, die er in einem Buch gesammelt hat. Eines Tages beschließt Bambert, alle seine Geschichten aus seinem Buch herauszulösen und mit Hilfe kleiner japanischer Ballons in die Welt zu schicken, damit sie sich den Ort ihrer Handlung selbst suchen können. An einen Ballon heftet er ein Kuvert mit unbeschriebenen Blättern für eine letzte, besondere Geschichte, die, da sie wirklich geschehen müsse, sich auch selbst erzählen soll. Ungeduldig wartet Bambert auf die Rückkehr seiner Geschichten. Nach und nach kommen sie zurück, und Bambert stellt zufrieden fest, dass jede ihren passenden Ort gefunden hat. Nur die letzte Geschichte bleibt verschollen. Da bemerkt Bambert, dass das Kuvert an der Dachtraufe hängen geblieben ist …

„Ein märchenhaft schönes Buch über einen kleinen Mann mit großer Phantasie."
Sender Freies Berlin

Agnes Ofner:

Nicht so das Bilderbuch-mädchen

ISBN 978-3-7026-5937-0,
180 Seiten

Gegenüber von Zara wohnt Sam. Sie kann genau in sein Zimmer sehen. Sam weint oft, und das beunruhigt Zara so sehr, dass sie überlegt, wie sie helfen könnte. Mit „Hallo ich bin Zara“ auf drei Zetteln im Fenster beginnt ein vorsichtiger Kontakt über die Straße hinweg. Die beiden lernen sich über ihre Botschaften besser kennen, aber Sam macht schnell klar, dass er Distanz braucht und Zara nicht treffen möchte. Die hat ohnehin anderes zu tun: Sie will Josef herumkriegen, in den sie verliebt ist, und mit Miriam, ihrer besten Freundin, ist es auch gerade schwierig. Sam fühlt sich in seinem Körper gar nicht wohl, was durch die Pubertät noch verstärkt wird. Er zieht sich immer mehr zurück, und plötzlich bekommt Zara Angst um ihn.

„Ein berührender Jugendroman über das Erwachsenwerden und die Suche nach der eigenen Identität.“
ORF.at

Koos Meinderts:
Lang soll sie leben
ISBN 978-3-7026-5878-6,
124 Seiten

Eva und ihre Freundin Sanne beschäftigt alles, was im Leben von jungen Mädchen so vorkommt: Schule, Eltern, Jungs und Liebe. Auf dem Schulweg sieht Eva eines Tages eine alte Frau, die auf den Gleisen steht, als ein Zug kommt. Ohne nachzudenken läuft sie los und rettet der Frau das Leben. Eva wird als Heldin gefeiert. Bei der Feier trifft sie auch die alte Dame, Frau de Graaf, wieder. Die beiden entwickeln Sympathie und Verständnis füreinander und schließlich offenbart Frau de Graaf Eva, dass der Vorfall auf den Gleisen kein Unfall war, sondern sie ihrem Leben freiwillig ein Ende setzen wollte. Und Eva denkt plötzlich nicht mehr nur über das Leben nach, sondern auch über den Tod.

„Die Themen wiegen schwer, doch ist der Roman von bestechender Leichtigkeit.“
NZZ am Sonntag